動物《どうぶつ》と話せる少女《しょうじょ》リリアーネ 12

サバンナの女王！

タニヤ・シュテーブナー 著

中村 智子 訳

LILIANE SUSEWIND
Giraffen übersieht man nicht

by Tanya Stewner

Published by arrangement with Meike Marx Literary Agency, Japan

もくじ

登場人物《とうじょうじんぶつ》＊紹介《しょうかい》

リリアーネ（リリ）
主人公《しゅじんこう》。小学四年生。どんな動物《どうぶつ》とも話せ、植物《しょくぶつ》を元気にするという不思議《ふしぎ》な能《のう》力《りょく》がある。

イザヤ
リリアーネのとなりの家に住《す》む小学五年生。ギフテッドと呼《よ》ばれる天才少年でリリアーネの親友。

ボンサイ
リリアーネの飼《か》い犬。リリアーネと大の仲《なか》よし。

シュミット伯爵夫人
イザヤの飼《か》い猫《ねこ》。気位《きぐらい》が高く、気むずかしいが、根《ね》はやさしい。

リリアーネの家族《かぞく》

ママはテレビキャスター、家事《かじ》いっさいはパパが担当《たんとう》している。おばあちゃんは大工《だいく》仕事《しごと》やメカに強い。

ノッポ

ナミビアのサバンナにくらす、メスの大きなキリン。

レックス

オスのピューマ。ナミビアのサバンナで、とほうにくれている。

ミーアキャット

3匹《びき》のミーアキャット。リリアーネを追《お》いかけてくる。

ナミビア

「あんまりではございませんか！　なんてひどい！」猫《ねこ》の怒《いか》り声がします。

「ただちに、この箱《はこ》から解放《かいほう》してちょうだい！」

ひとりの少女が、空港《くうこう》の中できょろきょろしています。猫《ねこ》をキャリーボックスから出してやれそうな、人のいない静《しず》かな場所《ばしょ》をさがしています。向《む》こうの大きな窓《まど》の前なら、それほど人がいません！

少女の名前はリリアーネ・スーゼウィンド。みんなから、リリと呼《よ》ばれています。リリが急《いそ》いで窓《まど》に向《む》かって歩いていると、シュミット伯爵夫人《はくしゃくふじん》という名の赤茶色のトラ猫《ねこ》が、大声でがなりたてました。

「今すぐ自由《じゆう》をとりもどしとうございます。さもないと、わたくしの怒《いか》りの炎《ほのお》がおそいかかりますわよ。それだけではございません。あなたとは、こんりんざい口をきいてさしあげません！」

「それは困《こま》ります」リリはつぶやきました。シュミット伯爵夫人《はくしゃくふじん》は文句《もんく》ばかり言っていますが、リリは猫《ねこ》と話すのが大好《だいす》きです。それに、ほかの動物《どうぶつ》たちと話すのも好《す》きです。なぜなら、リリには特別《とくべつ》な能力《のうりょく》があるからです。動物《どうぶつ》と話せる能力《のうりょく》です。

「リリ！　おいら、頭がおかしくなりそう！」反対《はんたい》の手に持《も》っている、もう一つのキャリーボックスからは、犬の鳴き声がします。「ここ、どこもすごいにおいだな！　すっごく、ちがう！　うちと、ぜんぜんちがう！」

犬は、キャリーボックスの柵《さく》の間に、鼻《はな》をぎゅうぎゅうおしつけています。リリはほほえんで、ボックスの中の小さなぼさぼさの犬を見ました。猫語《ねこご》と同じく犬語もわかるのは、リリにとってはありがたいことです。それというのも、ボンサイという名のこの犬は、何年も前からいっしょにくらしている、リリの親友だからです。このぼさぼさの雑種犬《ざっしゅけん》とは、ほかのどんな動物《どうぶつ》よりも、たくさん話をします。

ボンサイは、キャリーボックスの柵《さく》の間から前足を出して、うしろからおされているかのように、柵《さく》に強く体をおしつけました。「リリ、におう？」犬は鼻《はな》を一生懸命《いっしょうけんめい》にひくひくさせながら興奮《こうふん》しています。そして、陽気《ようき》な声をあげました。「ここの空気はカラカラだ！　それに動物《どうぶつ》も入っている！　そうだよ、空気の中に動物《どうぶつ》がいる！　動物《どうぶつ》のにおいがするよ！」

リリは大きな窓《まど》の前の静《しず》かな場所《ばしょ》へやってくると、二つのキャリーボックスを床《ゆか》において、ひざまずきました。そして、犬のボックスを開《あ》けて、ボンサイを外へ出しました。ボックスのとびらが開《あ》くと同時に、ボンサイは鳴きやみました。犬は元気にはねまわり、リリにぴょんぴょん飛《と》びついています。

「リリ、まいったよ！　また、ぴょんぴょんできるぞ！　見てよ、おいら、こんなに上手にジャンプできるんだ！」ボンサイはすっかり興奮《こうふん》しています。そして、リリのひざに飛《と》びのり、ちぎれんばかりにしっぽをふりながら、リリの顔をペロペロなめました。「おいら、めちゃくちゃ長く箱《はこ》に入っていたんだ！　でも、もう入らなくてもいい！　今、ぴょんぴょんできる。おいら、すっかりおバカになっちゃった！」犬はいっこうにおとなしくなりません。

そこに、猫《ねこ》の腹立《はらだ》たしそうな声がひびきました。「なんて失礼《しつれい》な！」シュミット伯爵夫人《はくしゃくふじん》ががみがみしかりつけています。「解放《かいほう》してくれと、はじめにお願《ねが》いしたのは、このわたくしではございませんか！　それなのに、ボンサイ伯爵《はくしゃく》を優《ゆう》先《せん》なさるとは。わたくしのほうが先なのに！　どうしてそんなことをなさったの？　ボンサイ伯爵《はくしゃく》が大声で鳴いていらしたから？　それなら、わたくしにだってできますわ。アオーン！」

猫《ねこ》のかん高いさけび声に、リリは身《み》をすくめました。「すぐに出してあげますから！」リリはあわてて二つ目のボックスのとびらを開《あ》けました。

シュミット伯爵夫人《はくしゃくふじん》は鳴きやみ、きらりと目を光らせました。自分を上流階級《じょうりゅうかいきゅう》のゴロニャン淑女《しゅくじょ》と思っている猫《ねこ》は、落《お》ちつきはらった態度《たいど》で、女王のように、しずしずとボックスから出てきました。

そこで、ボンサイが大喜《おおよろこ》びで飛《と》びかかり、猫《ねこ》をおしたおしました。「シュミちゃーん！」犬はキャンキャンほえました。「元気か？」
ふいうちを食らった猫《ねこ》は、立ちあがると、体をふって鳴きました。「ボンサイ伯爵《はくしゃく》、落《お》ちついてちょうだい！」猫《ねこ》の口調《くちょう》は、さっきよりもきつくありません。なぜなら、シュミット伯爵夫人《はくしゃくふじん》はボンサイのことが大好《だいす》きで、たいへんセンスのよい、特別《とくべつ》にせんれんされた犬だと思っているからです。どうしてそんなふうに思っているのかって？

それは、シュミット伯爵夫人《はくしゃくふじん》は犬語がわからないので、ボンサイがなにをしゃべっているのか、まったくわかっていないからかもしれません。

「シュミちゃん、いっしょにおバカになろう！　いっしょにやらない？」犬は歓《かん》声《せい》をあげました。「そしたら、すごいぞ！　ここで、いっしょに、バカみたいにぴょんぴょんするんだ！　ねえ、どう？」

ボンサイは、猫《ねこ》に通訳《つうやく》してほしいと、リリにたのもうとしました。ちょうどそこへ、リリの親友、イザヤがやってきました。イザヤは水の入った二つの器《うつわ》を持《も》っています。そして、それを猫《ねこ》と犬の前におきました。

「おおっ！」ボンサイは大喜《おおよろこ》びです。「めちゃめちゃ、グッド・アイデア。おいら、喉《のど》、からからだよ！」

シュミット伯爵夫人《はくしゃくふじん》はニャアと鳴いています。「まあ、やっと出てきましたわ。わたくし、ひじょうに喉《のど》がかわいておりますの。弱りきって、たおれそう！」

二匹《ひき》は、せっせと水をのみ始《はじ》めました。

リリは、動物《どうぶつ》たちがいくらか落《お》ちついてきたので、ほっとしました。そして、イザヤを見て、ほほえみました。「とうとう、ついたわね」リリは言いました。永遠《えいえん》に感《かん》じられるほど長い時間、飛行機《ひこうき》に乗《の》り、スーツケースを受《う》けとり、たくさんの検査《けんさ》を受《う》けて、ようやくすべてを無事《ぶじ》に通過《つうか》しました。

今、リリとイザヤは、アフリカ大陸《たいりく》の南西部《なんせいぶ》、ナミビア共和国《きょうわこく》にいます。

イザヤは大きな窓《まど》の前で、外を見ながら黒い巻《ま》き毛をかきあげました。そして、物思《ものおも》いにしずんだようにつぶやきました。「これからが本番だ。あんなに興奮《こうふん》しているパパを見るのは、はじめてだ。ずっと待《ま》っていたんだな、ぼくに故郷《こきょう》を見せる日を」

リリも外を見ました。一本の道路《どうろ》と駐車場《ちゅうしゃじょう》の向《む》こうには、黄緑《きみどり》色の草原が無限《むげん》に広がっています。リリもいくらか興奮《こうふん》しています。＊イースター休みが始《はじ》まり、アフリカ旅行《りょこう》に出発《しゅっぱつ》するまでの日を、何週間も前から、そわそわしながら数えていました。そして、ついに、その日がやってきました。この旅行《りょこう》には、リリの家《か》族全員《ぞくぜんいん》が参加《さんか》しています。パパのフェルディナント、ママのレギーナ、そして、おばあちゃんのレオ。おばあちゃんのほんとうの名前はレオノーラといいます。おばあちゃんは、旅《たび》に出発《しゅっぱつ》する少し前に、足を骨折《こっせつ》してしまいました。ですから、今は、松葉《まつば》づえをついています。けれども、おばあちゃんは自分のことを〝元気いっぱいの冒険家《ぼうけんか》〟と呼《よ》んでいるくらいたくましいので、旅行《りょこう》をあきらめませんでした。

リリの家族《かぞく》のほかには、ナミビア育《そだ》ちのイザヤのお父さん、アケーレがいます。イザヤのお父さんにとって、この旅行《りょこう》で重要《じゅうよう》なのは、息子《むすこ》にナミビアという国や人々を知ってもらいたいということと、なにより、十年ぶりにイザヤのおじいさんとおばあさんに、イザヤを会わせることでした。

イザヤのお母さん、イザベルは、仕事《しごと》の都合《つごう》で休みがとれませんでした。そんなわけで、旅行《りょこう》には参加《さんか》していません。リリはイザベルが大好《だいす》きなので、残念《ざんねん》に思いました。

＊イースター　キリスト教における復活祭《ふっかつさい》。ドイツの学校は、州《しゅう》によって異《こと》なるものの復活祭《ふっかつさい》のころに、二週間ほど休みになる。

「おおい！」アケーレの声がひびきました。アケーレは満面《まんめん》の笑《え》みをたたえています。「息子《むすこ》よ、どんな感《かん》じがする？」

「たった今、ついたばかりじゃないか」イザヤはぶつぶつ言いました。

そこで、沈黙《ちんもく》が起《お》こり、気まずいふんいきになりました。

リリはすかさず言いました。「すごく暑《あつ》い」

アケーレは笑《わら》いました。「こんなの暑《あつ》いうちに入らないよ。今は四月、ここでは秋なんだ」アケーレは説明《せつめい》しました。

リリは小さなうめき声をあげました。空港《くうこう》の表示板《ひょうじばん》には二十七度《ど》と示《しめ》されています。飛行機《ひこうき》の中で、アケーレから、ナミビアの気候《きこう》や風景《ふうけい》や特色《とくしょく》についてたくさん聞かされたので、二十七度《ど》がそれほど高い気温《きおん》でないのはわかっていました。それでも、すずしいとは感《かん》じません。リリは汗《あせ》ばんでいました。

それよりも、リリがなにより楽しみにしているのは動物《どうぶつ》のこと。出発《しゅっぱつ》前に、イザヤがナミビアのすべての動物《どうぶつ》たちをリストアップし、インターネットで調《しら》べたことを印刷《いんさつ》し、ファイルにまとめてくれました。クーズー、イボイノシシやほかの種類《しゅるい》の動物《どうぶつ》たち。すべての動物《どうぶつ》たちに会えるのを楽しみにしています。サファリパークに行けば――そして、リリはそれを強く望《のぞ》んでいますが――、きっと、これまでに見たことのない、たくさんの動物《どうぶつ》たちと出会うでしょう。そんなことを想像《そうぞう》しただけで、リリの胸《むね》はドキドキしました。

「きのう、ソロモンおじいさんと電話で話したんだ」アケーレは言いました。ソロモンは、イザヤのおじいさんです。「雨季《うき》はそろそろおわりらしい。でも、今年は雨がそれほど降《ふ》らなかったようだ。国中がひどく乾燥《かんそう》しているんだって」

リリは、アケーレの話のつづきを聞けませんでした。パパとママとおばあちゃんがやってきたからです。三人はそれぞれ大きなスーツケースを引きずっていました。

「ふう、もうくたくたよ！」リリのママは大きな声で言うと、ちょっぴり、頭にはりついた、おしゃれにセットされた赤い髪《かみ》をかきあげました。

リリのパパは、ママのスーツケースを受《う》けとり、陽気《ようき》に文句《もんく》を言いました。

「今から始《はじ》まるんじゃないか！」

アケーレは笑《わら》いました。「そのとおり！　さあ、車へ行こう」

リリは片方《かたほう》の腕《うで》にボンサイを乗《の》せ、反対《はんたい》の手でキャリーボックスを持《も》ちました。

イザヤもシュミット伯爵夫人《はくしゃくふじん》をだきあげようとしました。けれども、猫《ねこ》は不《ふ》きげんに鼻《はな》をすすると、つんとすましてイザヤの脇《わき》を通りすぎました。

「運《はこ》んでもらうか、もらわないかは、もちろん自分で決《き》めます。今は、運《はこ》んでもらいたくありません」

リリはため息《いき》をつきました。何人かの観光客《かんこうきゃく》が、リリたちのほうを興味津々《きょうみしんしん》に見ています。自由《じゆう》に空港《くうこう》の中を歩きまわる犬と猫《ねこ》には、そうそう出会えるものではありません。幸《さいわ》いにも、ここではレポーターがそばにいないか、それほど気をつける必要《ひつよう》がありません。でも、ドイツではちがいました。リリは、何か月もレポーターに追《お》いま

わされて困《こま》っていました。とはいえ、ここのところ、いくらか静《しず》かになってはいます。世《よ》の中の人たちが、動物《どうぶつ》と話せる少女が存在《そんざい》することに、慣《な》れてきたのでしょう。

みんなはそろって空港《くうこう》の外に出ました。大きな空の下に立つと、リリは足を止めました。いいにおいがします。エキゾチックな香《かお》りです。

ボンサイは、リリの考えていることを察知《さっち》しました。「そうだね。ここのどこかに、なんか動物《どうぶつ》がいるぞ。風の中に、動物《どうぶつ》のにおいがすごくいっぱい入ってるよ」

「そうね。もうすぐ、動物《どうぶつ》たちを見られるかもね」

リリは、喜《よろこ》びいっぱいに答えると、ボンサイを

ぎゅっとだきしめました。

アケーレはみんなを駐車場《ちゅうしゃじょう》に案内《あんない》しました。そこには、六人乗《の》りのレンタカーが待《ま》っていました。これから、この車で北へ向《む》かいます。北にある大きな牛牧場《ぼくじょう》に、イザヤの祖父母《そふぼ》がくらしているのです。

スーツケースとリュックサックが車に積《つ》みこまれるまで、少しばかり時間がかかりました。それがすんだ今、いよいよ出発《しゅっぱつ》です。車は空港《くうこう》の敷地《しきち》をはなれ、砂《すな》ぼこりが舞《ま》う、長い道路《どうろ》を走りました。それから少しして、最初《さいしょ》の動物《どうぶつ》を見つけました。遠くで、オリックスの小さな群《む》れが草を食《は》んでいます。リリは窓《まど》を開《あ》けて、まっすぐな角を持《も》つ動物《どうぶつ》たちに向《む》かって元気いっぱいに手をふりました。

ボンサイは身《み》を乗《の》りだしました。「ひづめ野郎《やろう》だ！　あいつらも、すっごくかっこいいなあ。そう思わない？」

リリもそう思いました。野生動物《やせいどうぶつ》の群《む》れは、とてもすてきです。「みんな……自由《じゆう》ね」リリは神聖《しんせい》な気持《きも》ちになり、自由《じゆう》気ままに、好《す》きなところへ歩いていく動物《どうぶつ》たちをながめていました。

「あら、わたくしには、整理整頓《せいりせいとん》ができていないように思えますけれど」イザヤのひざの上でなでてもらっているシュミット伯爵夫人《はくしゃくふじん》が口をはさみました。

「動物園《どうぶつえん》では、動物《どうぶつ》たちはきちんと種類《しゅるい》ごとに整理《せいり》されて檻《おり》の中にいるので、だれがどこに入っているのか、だれでもわかるようになっていますわよね。でも、ここでは、すべての動物《どうぶつ》のみなさんが、好《す》き勝手《かって》に走りまわっていらっしゃる」

「それなら、シュミット伯爵夫人《はくしゃくふじん》も檻《おり》の中でくらしたいですか？」リリは猫《ねこ》にたずねました。

「もちろん、そんなところはいやでございます！」猫《ねこ》は答えました。「とうぜん、わたくしは、自分の都合《つごう》で自由《じゆう》に動《うご》きます。でも、多くの動物《どうぶつ》のみなさんは、ご自分の檻《おり》の中にいらしたほうが好《この》ましいと思いますのよ」

「そうですか」リリは返事《へんじ》をしました。「どんな動物《どうぶつ》でも、好《す》きなようにかけまわりたいと思いますけど」リリがくらしている町の動物園《どうぶつえん》も、すてきなところだ

とは思います。でも、自由《じゆう》な生活にまさるものはありません。

「もちろん、動物《どうぶつ》たちは自由《じゆう》でいたいさ」アケーレが言いました。

けれども、アケーレには、リリが言ったことだけしかわかっていません。

「ここナミビアでは、人間と動物《どうぶつ》は特別《とくべつ》な関係《かんけい》を築《きず》いているんだ。わたしはそれがとっても好《す》きだった」

リリのおばあちゃんは、アケーレの腕《うで》をそっとたたきました。お国自慢《じまん》はもういいよ、と言いたげです。

けれども、アケーレはやめられません。「イザヤ、アフリカーンス語*をいくつか学ばないか？　ソロモンおじいさんとマチルデおばあさんにあいさつするときに、びっくりさせられるぞ！」イザヤがなにか答えようとすると、アケーレは言いました。「〝こんにちは〟は Goeie dag（ホイーエ　ダッハ）」それから、アケーレはアフリカーンス語でさらになにやら言いました。「今のは、〝お会いできてうれしいです〟という意味《いみ》だ！」お父さんはバックミラーごしに息子《むすこ》を見て、うながしました。「まねてごらん……」

イザヤは胸《むね》の前で腕組《うでぐ》みしました。「アフリカーンス語なんて、勉強《べんきょう》しなくたっていいじゃないか。おじいさんもおばあさんも、ドイツ語を話すんだから」

飛行機《ひこうき》の中で、アケーレはこんなことも語っていました。ナミビアにはドイツ語が話せる人が大勢《おおぜい》いると。それは、かつて、ドイツがナミビアを治《おさ》めていたからです。

「それでも、いくつか言葉《ことば》を覚《おぼ》えておいたほうがいい」アケーレはしつこく言いました。「ここに来たのは、この国をしっかりと知るためじゃないのか？」

イザヤは肩《かた》をすくめました。「ナミビアで多く話されている言語《げんご》はどうせ英語《えいご》じゃないか。英語《えいご》でなら、こんにちは、くらい言えるよ」

「まったく、いつも知ったかぶりして」アケーレはいらついた口調《くちょう》で言いました。

確《たし》かに、今のイザヤはとても生意気《なまいき》です！　ときどき、イザヤの両親《りょうしん》はふたりそろって出張《しゅっちょう》で長い期間《きかん》家を空けることがあります。その間、イザヤはスーゼ

＊アフリカーンス語　ナミビアや南アフリカなどで使用《しよう》される言語。

ウィンド家でくらしています。ところが、両親《りょうしん》がもどってくると、イザヤとお父さんはすぐに口げんかを始《はじ》めるのです。

リリはイザヤを観察《かんさつ》しました。眠《ねむ》そうです。単語《たんご》を覚《おぼ》えるには、つかれすぎているのかもしれません。

すると、シュミット伯爵夫人《はくしゃくふじん》がふりむき、とまどった表情《ひょうじょう》でイザヤをながめました。「病気《びょうき》ですの？」

次《つぎ》の瞬間《しゅんかん》、イザヤの鼻《はな》から血《ち》がしたたりおちました。イザヤはそれに気がつくと、驚《おどろ》いて顔に手を当てました。

リリのパパは、あわててジャケットのポケットからティッシュペーパーを出して、イザヤにわたしました。「気分が悪《わる》いのかい？」

イザヤは首をふりました。

アケーレはぶつぶつ言いました。「ちょっと鼻血《はなぢ》が出ただけさ。ナミビアに来る観光客《かんこうきゃく》にはよくあることだ。空気がひどく乾燥《かんそう》しているからね」アケーレは不《ふ》満《まん》そうに舌《した》うちしました。「でも、おまえは観光客《かんこうきゃく》じゃない、イザヤ」

「でもねえ、そうはいうけど半分だけじゃないか」おばあちゃんが口をはさみました。イザヤのお母さんは、半分はドイツ人で半分はインド人です。

「どうだろう、休けいをとらないか？」リリのパパが提案《ていあん》しました。

車はちょうど小さな岩の横《よこ》を走っていました。アケーレは岩かげに車を止めました。車をおりるとすぐに、イザヤは岩壁《いわかべ》によりかかりました。鼻《はな》に当てたティッシュペーパーが、少しばかり赤くにじんでいます。けれども、それほどひどくはありません。

リリはイザヤに飲《の》み物《もの》をわたすと、はげまそうとしてほほえみました。すると、イザヤはうなずいて、アフリカーンス語で言いました。「ありがとう」

リリは笑《わら》いました。やっぱり。イザヤはとても賢《かしこ》く、好奇心《こうきしん》いっぱいの少年です。前もってアフリカーンス語を勉強《べんきょう》してこないはずがありません。けれども、お父さんを喜《よろこ》ばせるようなことはしたくなかったのでしょう。

そのとき、とつぜん、ママが小声で知らせました。「あっちに、ダチョウがいるわよ」

「え?」リリは、ママといっしょに、岩壁《いわかべ》からようすをうかがいました。いくらかはなれたところに、少なくとも十羽のダチョウがいます。そのうちの何羽かは顔をあげて、リリのほうを見ています。リリの笑《わら》い声を聞いて、なんの音だったのか考えているのかもしれません。

ママはリリをうしろにひっぱりました。「そんなに前に出ちゃだめ! 鳥たちに気づかれるでしょ!」

「気づかれたって困《こま》らないじゃない!」

ママは指《ゆび》を唇《くちびる》に当てました。「しーっ! 鳥たちには、今いる場所《ばしょ》に、そのままいてもらったほうがいいの。ダチョウのくちばしはかたいんだから」

リリはママをふりはらいました。「でも、わたしにはぜったいになにもしない!」

すると、喉《のど》の奥《おく》から出てくるような、低《ひく》いダチョウの声がひびきました。

「あそこになにかいる」

二番目のダチョウが言いました。「そんなことないよ」

すると、はじめのダチョウが言いました。「でも、あそこになにかいる。あそこになにかいたとすれば、きっと、あそこになにかいる」

二番目がふたたび言いました。「でも、なにもいなかったかもしれない。そうだったら、なんにもいない。ただし……なにかいれば、あそこにもなにかいる」

ママは勢《いきお》いよく息《いき》をすいこみました。「あなたのこと、話してるの？」

リリはにっこり笑《わら》ってうなずきました。ダチョウの言葉《ことば》は愉快《ゆかい》です。

とつぜん、ママはせかしました。「急《いそ》いで！」ママはおさえた声でさけびました。「車にもどって！」ママはあわててリリをひっぱり、ほかの人とともに車におしこみました。

「ママ、どうしたの？」リリはとまどっています。

けれども、ママは答えてくれません。

みんなが車の席《せき》についたちょうどそのとき、ダチョウたちが岩のかどを曲《ま》がってやってきました。力強い長い足、それに、はなやかな羽。とても美《うつく》しい鳥たちです。

「ヘイ！　そこのきみ！」群《む》れの中の一羽がさけびました。

「きみだよ！　きみが、そこにいるなにかだよ！」

「そうだ、そこのきみ！」別《べつ》のダチョウが声をあげて走りだしました。

「きみがそれなら、ほんとうに、ここになにかいる」

「なにが？」事情《じじょう》のわかっていない三番目のダチョウがたずねました。

「あそこにいる子！」

「だれ？」

「そこのあの子がそれだよ」

「それってなに？」

「あそこにいる、それ」

ママはさけびました。

「アケーレ、車を出して！」

車は走りだしました。けれども、ダチョウたちは追《お》いかけてきます。

「きみ！」何羽かのダチョウが金切り声をあげました。「きみはだれ？」

リリは、自分は動物《どうぶつ》と話せる人間だと、説明《せつめい》したいと思いました。それなのに、アケーレは車のスピードをあげました。

「どういうこと？」リリは文句《もんく》を言いました。

「どうして逃《に》げるの？」

だれも答えてくれません。リリは後部《こうぶ》ガラスから、ダチョウをながめていました。ダチョウ

はどんどんひきはなされて、やがて見えなくなりました。

「ママ、どうしてダチョウたちと話をさせてくれなかったの？」リリはもう一度《ど》、答えを聞きだそうとしました。「ダチョウは、わたしと知り合いたかっただけなのに！」

「鳥たちは興奮《こうふん》しすぎよ！　危《あぶ》ないわ！」ママは言いはります。

「ええ？　なに言ってんの！　ストップって言えば、みんな止まるのに」

「リリ、ここでは、なにもかもがうちとはちょっぴりちがうのよ」

「どうして？　どういうこと？」

「ここはアフリカよ。のんびりとした動物園《どうぶつえん》ではないの」ママは言いはなちました。「ここにいるのは野生動物《やせいどうぶつ》。場合によっては、あなたがまったく想像《そうぞう》していないようなことが起《お》きることもあるの」

「なにが言いたいの？」リリは驚《おどろ》いてたずねました。

「どこを見ても、動物《どうぶつ》の大きな群《む》ればかり！」ママは説明《せつめい》しました。

「なにかのひょうしに、動物《どうぶつ》たちが混乱《こんらん》してごらんなさい。そばにいる群《む》れがいっせいに走りだしたら、あなただってひとたまりもないのよ！」

あのダチョウたちは、ぜったいに、わたしたちをつきとばしたりしなかった。リリはそう確信《かくしん》していました。それに、大きな群《む》れでもありません。けれども、ママはリリの考えを聞いてくれません。「ここでは、うちにいるより、慎重《しんちょう》に行《こう》動《どう》しなければならないの」ママは考えを変《か》えません。「ここにはヘビもいるの。ヘビはあなたにだって、すごく危険《きけん》な動物《どうぶつ》でしょ」

リリはうなだれました。確《たし》かに、ヘビはほかの動物《どうぶつ》とはちがいます。ヘビは耳が聞こえないので、コミュニケーションをとるのがむずかしいのです。それに、リリは以前《いぜん》コブラにおそわれたこともありました。「でも、注意《ちゅうい》しなければならないのはヘビだけで、ほかの動物《どうぶつ》たちは、わたしにはなにもしないもん」リリは言いかえしました。

「あなたがそばにいる人たち全員《ぜんいん》を、いつでも守《まも》ってあげられるかわからない

じゃない」ママは反論《はんろん》しました。「サバンナには、動物《どうぶつ》たちに定期的《ていきてき》にエサを与《あた》える飼育係《しいくがかり》はいないの。飢《う》えたライオンと出会ったら、どういうことになると思う？　あなたにおそいかからなくても、イザヤとか……ママを食べちゃうかもしれないでしょ」ママは身《み》ぶるいしました。

「だめよ。無用《むよう》に危険《きけん》をおかせない。下手《へた》に冒険《ぼうけん》しなくたって、楽しい旅行《りょこう》になるわよ」

ママが真剣《しんけん》なのが、リリにもわかりました。ママは、リリを野生動物《やせいどうぶつ》から遠ざけようとしています。

リリは顔をしかめました。こんな旅行《りょこう》をしたいとはまったく思っていませんでした。

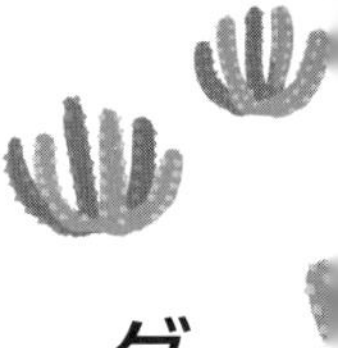

ダンデライオン農場《のうじょう》

「奥《おく》に見える、あそこだよ！」アケーレは大きな声で言いました。

リリはびくっとしました。いつの間にか眠《ねむ》っていました。どのくらい眠《ねむ》っていたのか、わかりません。きっと、とても長く眠《ねむ》っていたのでしょう。外はもう暗《くら》くなり始《はじ》めています。

「リリ！」ボンサイがひざの上に飛《と》びのりました。「今すぐ、おしっこ！」

「すぐにつくわ」リリはそう言うと、興味津々《きょうみしんしん》に窓《まど》の外を見ました。ちょうど、車はメインストリートを曲《ま》がり、広々とした、アットホームなふんいきの、明かりのついた施設《しせつ》に入っていきました。たくさんの小さな家の間に、心をそそられる、大きな家が建《た》っています。玄関《げんかん》の上には『ダンデライオン農場《のうじょう》』と書かれた表示《ひょうじ》があります。

「さあ、ここだよ」アケーレはほこらしげに知らせました。「ここが、わたしの

両親《りょうしん》がずっと働《はたら》いてきた農場《のうじょう》だ。わたしもここで育《そだ》ったんだ」

イザヤはため息《いき》をつきました。「すごいね」

リリは、心からこの農場《のうじょう》がすてきだと思いました。どの建物《たてもの》も濃《こ》い色の木で作られていて、風変《ふうが》わりな屋根《やね》がついています。無数《むすう》の小さな枝《えだ》でできているように見えます。本館《ほんかん》とゲスト用のロッジは小さな木の橋《はし》でつながれ、そのうちの多くの建物《たてもの》にはテラスがあり、ハンモックと寝椅子《ねいす》がついています。

「すごい！」リリは思わず言いました。

「高級《こうきゅう》ロッジね」ママは説明《せつめい》しました。

「ふつうの料金《りょうきん》をはらってバカンスしたら、そうとう高いわね」

リリには、ロッジがなにか、わかりませんでした。けれども、ここに安《やす》く泊《と》まれないのは、一目でわかります。すみずみまで手入れがいきとどき、とてもセンスよく作られています。それに、いくつものプールと、テニスコートが一面《めん》ありました。ロッジを結《むす》ぶ小道の脇《わき》につるされたおしゃれなランプには明かりがともされ、うっとりするような光をはなっています。「ここは牛の牧場《ぼくじょう》じゃなかったの？」リリはまったくちがう風景《ふうけい》を想像《そうぞう》していました。

すると、アケーレがリリに答えました。「そうだよ。この農場《のうじょう》では、たくさん牛を飼《か》っている。でも、おもなお金は、観光客《かんこうきゃく》からかせいでいるんだ。ここでサファリ休暇《きゅうか》をする人たちからね」

そのとき、アケーレがママに奇妙《きみょう》な視線《しせん》を投《な》げかけたのを、リリは見のがしませんでした。ママはため息《いき》をついて、うなだれました。

「どうかしたの？」イザヤはすぐにたずねました。

「なんでもない」イザヤのお父さんは質問《しつもん》をかわしました。「いずれにしても、ダンデライオン農場《のうじょう》は、わが国最高《さいこう》の宿泊施設《しゅくはくしせつ》の一つだ」アケーレはあわてて言うと、本館《ほんかん》の前に車を止めました。

「ミスター・マゴロの経営《けいえい》はじつにすばらしい。彼《かれ》は施設《しせつ》の支配人《しはいにん》、つまり、農《のう》場《じょう》を管理《かんり》している人《ひと》だ。決定権《けっていけん》のある、ここでいちばんえらい人だよ。彼《かれ》がすべ

てをとりしきっている。農場《のうじょう》の所有者《しょゆうしゃ》のミスター・ダンデライオンはほかの場所《ばしょ》に住《す》んでいて、一年に一度《ど》ようすを見に来るだけだ。でも、農場《のうじょう》はミスター・マゴロがしっかり守《まも》ってくれている」

シュミット伯爵夫人《はくしゃくふじん》は、車の窓《まど》に前足をかけました。「まあ、なんてまばゆい場所《ばしょ》ではございませんこと！」猫《ねこ》は本館《ほんかん》の玄関《げんかん》前にそびえる二本のヤシの木をながめながら、甘《あま》い声で言いました。

「ポップな感《かん》じの木。なんて、すてきなたたずまい！」

イザヤが車のドアを開《あ》けると、猫《ねこ》は外へ飛《と》びだしました。ボンサイもつづいて飛《と》びおりました。それから、その場でくるくると二回まわり、耳をたらしました。

「このひょろ長いやつ、二本だけ？　ちゃんとした木はないの？」

リリはすまなそうに肩《かた》をすくめました。「ナミビアには、うちのように、そんなにたくさん木は生えていないの」

ボンサイは息《いき》をはずませました。「それなら、なにかほかの方法《ほうほう》を考えなくちゃ」

そして、大きな植木鉢《うえきばち》におしっこをかけました。

みんなは車をおりました。リリのパパは感動《かんどう》し、きょろきょろしています。おばあちゃんは、つえをついて姿勢《しせい》を正すと言いました。「おや、これはまた、ずいぶんとデラックスなロッジだこと」

すると、聞いたことのない声が聞こえました。「アケーレ！」ふたりの老人《ろうじん》が近づいてきます。黒い肌《はだ》で、短《みじか》くちりちりに巻《ま》いた髪《かみ》の人たちです。男の人は笑《わら》いながら両腕《りょううで》を広げて、アケーレをだきしめました。ふたりは長いこと、心をこめてだきあっていました。その間に、女の人は、ママとおばあちゃんをだきしめました。それから、アケーレにキスをしてあいさつしました。それがすむと、ふたりはイザヤを見つめました。

「わたしが、きみのおじいさん、ソロモンだよ」男の人が言いました。「そして、こちらはおばあさんのマチルデ」

イザヤはぎこちなくふたりに手をさしだしました。すると、おじいさんは笑《わら》い、

イザヤの手をよけて、アケーレにしたように、やさしくイザヤをだきしめました。

それから、マチルデおばあさんも、孫息子《まごむすこ》をぎゅっとだきしめ、イザヤの頭をなでて、巻《ま》き毛をもじゃもじゃにしました。「なんてハンサムな若者《わかもの》だろうね」マチルデは言いました。確《たし》かに、イザヤはとてもすてきな少年です。けれども自分のおばあさんに言われるのは、本人も照《て》れくさいようです。イザヤの顔が真《ま》っ赤《か》になりました。

「すばらしい少年だわ！」
マチルデは笑《わら》いながら言いました。
「ところで、ナミビアのドイツ語は、ドイツのドイッ語とはちょっとちがうんだよ」アケーレが説明《せつめい》しました。

それは、リリも気がつきました。イザヤのおじいさんとおばあさんの発音《はつおん》は、リリの知っているふつうのドイツ語の音とはちがいます。けれども、歌うような話し方をリリは好《す》きになりました。

「さあ、お入り。ここが本館《ほんかん》だよ」ソロモンおじいさんは、大げさなジェスチャーでみんなを招《まね》きいれ、玄関《げんかん》ホールのような場所《ばしょ》へ案内《あんない》しました。田舎風《いなかふう》であり、同時に優雅《ゆうが》な感《かん》じがします。使《つか》われているすべての色が調和《ちょうわ》していて、念入《ねんい》りに選《えら》ばれているのがわかります。「まずはチェックインしよう」ソロモンは言いました。そして、受付《うけつけ》カウンターの黒人青年にうなずきました。

ボンサイはソロモンとマチルデとフロントの青年、それに、横《よこ》にいる何人かのアジアからの観光客《かんこうきゃく》を、首をかしげてながめました。「最高《さいこう》だね。ここの人たち、すごくカラフルで」犬はウォッと声をあげました。

「ねえ、リリ、おいらの肌《はだ》は何色だい？」

リリはひたいにしわをよせました。そんなことは、考えたこともありません。

「おいら、自分の肌《はだ》を見たことない」ボンサイは考えこんでいます。そして、自分のぼさぼさの毛をながめました。「肌《はだ》はこの下にあるんだもん！」犬は毛の中に鼻《はな》づらをつっこみました。

「なんにも見えない。でも、きっと緑《みどり》だな。緑《みどり》なら、かっこいいぞ」

「わたしはこの農場《のうじょう》の牛の飼育《しいく》を担当《たんとう》しているんだよ」ソロモンおじいさんは明るくほほえみました。「マチルデは食事《しょくじ》のことを仕切《しき》っている」

マチルデおばあさんはにっこり笑《わら》いました。「今夜は、大きな鉄鍋《てつなべ》で煮《に》た、伝統的《でんとうてき》なラム肉がありますよ。たっぷり作ったからね。きっと気に入ると思うわ！」

リリは唇《くちびる》をかみました。リリは肉を食べません！

「食事《しょくじ》よりも、まず、シャワーを浴《あ》びたいわ」ママは汗《あせ》でひたいにはりついた髪《かみ》を、ぷーっとふきました。

「もちろん、どこのロッジにもバスルームがついているよ」ソロモンは答えました。「でも、水をくさらせないよう、気をつけるんだよ」

イザヤはみけんにしわをよせました。「なんだって？」

「水をくさらせないようにするんだ」ソロモンは、自分の言うことをイザヤがどうしてわからないのか、驚《おどろ》いているようです。

アケーレは笑《わら》いました。「ドイツでは、くさるとは言わないんだ。無駄遣《むだづか》いとか、浪費《ろうひ》するとか、そういう言い方をするんだ」

「荷物《にもつ》を整理《せいり》して、シャワーを浴《あ》びていらっしゃい」マチルデは元気よく言いました。「いらっしゃい、こっちよ！」

みんなはマチルデとソロモンについて、小さな木の橋《はし》をわたり、ロッジに行きました。

やがて、マチルデは立ちどまり、リリとイザヤのほうに向《む》きました。「あなたたちの部屋《へや》はここよ」

リリには信《しん》じられませんでした。リリとイザヤが泊《と》まるロッジは、風変《ふうが》わりな

小さな家で、テラスには、寝《ね》られるくらい大きな美《うつく》しいブランコがついています。

するとアケーレが言いました。

「ナミビアの夜空は、きみたちがこれまでに見たどの空よりもきれいだよ。ドイツよりも、はるかにたくさんの星が見えるんだ！」

イザヤは目をむきました。

そこで、リリは言いました。「ありがとう！」そして、そそくさと部屋《へや》の中に入りました。イザヤはずるずると足をひきずりながら、リリのあとから入り、ボンサイとシュミット伯爵夫人《はくしゃくふじん》がつづきました。

「めちゃくちゃすごい！」リリは大喜《おおよろこ》びです。そして、美《うつく》しい部屋《へや》の中で、その場でぐるりと一周《しゅう》しました。

「そうだね。これまで泊《と》まった中で、いちばんきれいなところだ」イザヤはつぶやくと、二台あるベッドのうちの一台に寝《ね》ころびました。ボンサイとシュミット伯爵夫人《はくしゃくふじん》がロッジの中をかぎまわってうろうろしている間、リリはイザヤのとなりに、こしかけました。

「パパの一言《ひとこと》ひとことが、気にさわる」

イザヤはぶつぶつ言いました。

「そんなこと、言わないの！」リリは、イザヤにほほえんでもらおうとしました。けれども、イザヤの口元は片側《かたがわ》だけしかあがりません。

「それに、おとなたちが、ぼくらになにか、かくしている気がする」イザヤは言いたしました。「さっき車の中で、パパはおかしな顔をしたんだ。農場《のうじょう》がどうやってお金をかせいでいるのか話していたときに」

「わたしのママも困《こま》った顔をして、目をそらした！」

「そうだよ。ぼくらに言いたくないことがあるからだ」イザヤは推測《すいそく》しました。

「でも、ぼくにはそれがなんだかわからない」

「その答えを見つけるために、知能《ちのう》が高いのよね」リリはからかいました。

けれども、イザヤはほほえんでくれません。

「あなたの知能指数《ちのうしすう》は……どれくらい高かったっけ？」

「どうでもいいよ、そんなこと」

リリは体を起《お》こしました。「これだけは、まちがいない。おとなたちがなにかかくしていたとしても、あなたがすぐにさぐりあてちゃう」

イザヤの口元に、ようやく、ちょっぴり笑《え》みがうかびました。「きみはぼくを評価《ひょうか》しすぎじゃない？」

「そうよ」リリは迷《まよ》わず答えました。それから、イザヤの脇腹《わきばら》をこぶしで軽《かる》くパンチしました。「でも、あまりうぬぼれないでね！」リリは立ちあがると、荷物《にもつ》の整理《せいり》を始《はじ》めました。それから数分後、イザヤもかたづけを開始《かいし》しました。

シュミット伯爵夫人《はくしゃくふじん》は、リリが服《ふく》を入れようとしている整理棚《せいりだな》の上にジャンプしました。

「わたくし、とほうもなく魅《み》せられておりますのよ！」猫《ねこ》は言いました。「こちらの国は、わたくしの趣味《しゅみ》にぴったりでございます。心地よい暖《あたた》かさ、はじけた感《かん》じの木々、宙《ちゅう》にただよう自由《じゆう》と冒険《ぼうけん》の香《かお》り。ただただ、みごとでございます。とんでもなく、おみごと！」

ボンサイはキャンキャンほえました。「シュミちゃん、なんて言ったの？」

リリはボンサイに通訳《つうやく》しました。

「はじけた感《かん》じ？　うーん、まああだな。とにかく木が少なすぎる！」ボンサイは文句《もんく》を言いました。「どこに行っても草ばかり……それか、なんにもない。どっちかなんだよ！　はだか地面《じめん》がすごくたくさん！　そんなところで、どこにおしっこすればいいんだよ」

「そのうちいい場所《ばしょ》が見つかるって」リリは笑《わら》いました。その瞬間《しゅんかん》、窓《まど》ぎわのサボテンに、とてもきれいな花が咲《さ》きました。それは、リリにはもう一つ、大きな能力《のうりょく》があるからです。リリが近くにいると、植物《しょくぶつ》はとてもよく成長《せいちょう》します。そして、リリが笑《わら》うと、花の咲《さ》く植物《しょくぶつ》にはつぼみがついて、あっという間に花が開《ひら》いてしまうのです。

ボンサイは窓台《まどだい》に飛《と》びのり、サボテンのにおいをかぎました。

「おしっこはだめ！」リリは犬に注意《ちゅうい》しました。

ボンサイは息《いき》をはずませています。

「ああ、もう！　なーんにも、しちゃいけないんだ！」

そこへ、リリのパパが入ってきました。「夢《ゆめ》のようなバカンスになるぞ！」パパは大きな音をたてて、地球《ちきゅう》をまるごとすいこんでしまいそうなほど勢《いきお》いよく息《いき》をすいました。

「ただただ、夢《ゆめ》のようだ」

「ママはたくさん写真《しゃしん》を撮《と》るんでしょ？」リリはたずねました。「わたしは、新しい動物《どうぶつ》たちと出会いたい」リリは力をこめて言いました。そして、パパが反対《はんたい》する前に言いました。「で、パパはなにするの？」

パパはいたずらっぽく笑《わら》いました。「パパにもすごくやりたいことがあるんだ。なぞに包《つつ》まれた伝説《でんせつ》の植物《しょくぶつ》、ハクントゥさがし！」

イザヤは、ひたいにしわをよせました。「ハクントゥ？　聞いたことないなあ」

「その植物《しょくぶつ》の話は、なんどか読んだことがあるだけなんだ。知っている人はほとんどいないと思うよ」＊自然療法士《しぜんりょうほうし》のパパは、薬草《やくそう》のことをくわしく知っています。

「ハクントゥはサバンナに生えていて、特《とく》に花の部分《ぶぶん》の成分《せいぶん》が打撲《だぼく》やねんざにとてもいいと言われているんだ。アルニカやセイヨウオトギリソウよりも、早く効《き》くらしい」パパはスマートフォンをとりだすと、茶色い斑点《はんてん》のついた黄色っぽい植物《しょくぶつ》の写真《しゃしん》を見せました。「多くの人は、この写真《しゃしん》はにせものだと言うけど、ハクントゥは実際《じっさい》にあると、ぼくは信《しん》じているんだ」

＊自然療法士《しぜんりょうほうし》　薬草《やくそう》や東洋医学《とうよういがく》をはじめとする化学的《かがくてき》でない方法《ほうほう》を用いて、体が持《も》っている本来《ほんらい》の力を自然《しぜん》な形でひきだそうとする治療法《ちりょうほう》をおこなう人のこと。

「それなら、すぐにサファリに行こうよ」リリは提案《ていあん》しました。「サファリに行《い》けば、パパもその植物《しょくぶつ》をさがせるでしょ」

パパはあごをかいて考えています。「でも、ママはあまり乗《の》り気じゃないんだよなあ。リリに気づいたゾウの群《む》れがおしよせて、みんなをふみつぶしてしまうんじゃないかって、怖《こわ》がっている」

「パパ！」リリは大きな声で言いました。「ここに来たのは、サファリに〝行かない〟ためじゃないでしょ？」

パパは笑《わら》いました。「最近《さいきん》、すっかり生意気《なまいき》になってきたな！　前はすごく怖《こわ》がりだったのに」

「この一年間で、わたしもたくさん冒険《ぼうけん》をしてきたの。だから、もうそんなに怖《こわ》がりじゃないの」リリはなにやらたくらんでいるような目で、イザヤを見ました。

イザヤはにやりとしました。

「それはいいことだ」パパはそう言うと、娘《むすめ》をひきよせました。

「スーゼウィンド家の人間は、へこたれない。そうだろう?」パパはリリの鼻《はな》の頭にキスしました。

すると、リリはさっと鼻《はな》をふき、パパに笑《わら》いかけました。

「食事《しょくじ》に行こうか?」パパはたずねました。

けれども、リリはラム肉のことを思いだして首をふりました。「すごく眠《ねむ》いの」

リリはそう言ってはぐらかしました。イザヤのおじいさんとおばあさんに、到着《とうちゃく》早々、リリを特別《とくべつ》あつかいしなければならないという、悪《わる》い印象《いんしょう》を与《あた》えたくなかったのです。「ここにある果物《くだもの》をちょっと食べたら横《よこ》になる」

「いいだろう」パパは許可《きょか》すると、お休みのあいさつをしました。そして、イザヤとシュミット伯爵夫人《はくしゃくふじん》とボンサイをひきつれて、ロッジを出ていきました。

リリは窓辺《まどべ》に立って、みんなを見送《みおく》りました。施設《しせつ》の中の美《うつく》しいランプの温《あたた》かく、心地よい光がすべてを包《つつ》みこんでいます。

そのとき、遠くから呼《よ》び声がしました。リリは息《いき》を止めました。ゾウの声です。

遠すぎて、なにを話しているのか、わかりません。けれども、リリの胸《むね》はドキンと高鳴《たかな》りました。

今、リリはアフリカにいます。とうとうやってきました。ママがなにを恐《おそ》れていようが、リリは、サバンナの動物《どうぶつ》たちとの出会いをさまたげられたくありません。思いどおりにできるなら、あしたの朝いちばんで、ゾウたちに会いに行くつもりです。

リリは枕《まくら》とかけ布団《ぶとん》を持《も》って、テラスにある大きなブランコに横《よこ》になりました。それから少しして、ゾウの声を聞きながら、笑《え》みをうかべて眠《ねむ》りにつきました。

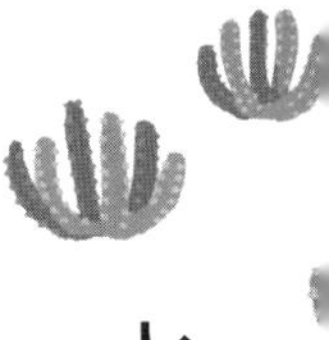

水玉もよう

「ただちにお目覚《めざ》めになって!」リリの耳元で猫《ねこ》の声がします。

「まどろみの時間はおしまいでございます」

リリは目をとじたまま、もごもごつぶやきました。「つまらないんですか?」

シュミット伯爵《はくしゃく》夫人《ふじん》は、することを思いつかないと、よくリリを起《お》こします。

「いいえ、まったくそんなことはございません」猫《ねこ》は答えました。

「ここは、なにもかもが、はかり知れぬほど興味深《きょうみぶか》く、観察《かんさつ》する価値《かち》があると感《かん》じておりますの」

「では、なんですか?」リリは、ほうっておいてもらいたくて、枕《まくら》にさらに深《ふか》く顔をうずめました。

「スーゼウィンド嬢《じょう》、あなた、T《ティー》シャツのようでございますわよ」

猫《ねこ》の返事《へんじ》に驚《おどろ》いて、思わずリリはたずねました。「どのT《ティー》シャツですか?」

「お召《め》しになってる、赤いテンテンもようの白いシャツでございます」

リリは目を開《あ》けました。シュミット伯爵夫人《はくしゃくふじん》がブランコの上にすわり、リリをじろじろ見ています。「赤いテンテンがお似合《にあ》いではないともうしているのではございません」猫《ねこ》はニャアと鳴きました。「きのうの夜にはついていなかったものが、お顔についている、とお知らせしたかっただけですの」

リリは飛《と》びおきました。「テンテンってなんですか?」リリはびっくりして、顔をそっとさわってさぐりました。顔は熱《あつ》く、ふくれあがっているように感《かん》じます。リリはブランコを飛《と》びおり、バスルームにかけこみました。

「リリ!」イザヤのベッドで寝《ね》ていたボンサイが、ワンワンほえました。

「なにかあったの? どうして急《いそ》いでいるの?」

リリは鏡《かがみ》の前に立ち、目を丸くして自分の顔を見つめました。ぽろぽろのクラ*ンブルのようです。というよりも、確《たし》かに自分のT《ティー》シャツの柄《がら》に似《に》ています。顔にも、腕《うで》にも、足にも。体中に、数えきれないほどたくさんの赤い斑点《はんてん》がかがやいています。おまけに、これらの斑点《はんてん》が、恐《おそ》ろしくかゆいのです……。

「なんてこった！」ボンサイが小走《こばし》りで近づいてきました。「リリ、なにしたんだよ。肌《はだ》を目立たせようとしたの？」犬は驚《おどろ》いて、リリを観察《かんさつ》しています。

「すごくよくなったよ！　で、そのテンテン、どうやってそんなにきれいにつけたの？」

「わざとやったんじゃないの！」リリは大きな声で言いました。「病気《びょうき》かも……」

「ご病気《びょうき》？」バスルームに入ってきた猫《ねこ》が、たずねました。「まあ、それは好《この》ましくありませんわ。わたくしが必要《ひつよう》なのは、正常《せいじょう》に機能《きのう》しているあなたですのよ！　それでは、ただちにそのテンテンをとりのぞいてちょうだい」

そこへ、イザヤがバスルームのドアから顔をのぞかせ、寝《ね》ぼけまなこでたずねました。「だれが病気《びょうき》だって？」それから、リリに気がつきました。

「わあ、どうしたんだ！」

「わたし、水ぼうそうか、そんなようなものかも」リリは言いました。

＊クランブル　粉《こな》と砂糖《さとう》とバターをまぜてぽろぽろにしたもの。リンゴやプラムケーキの上にかけて焼《や》く。

「よりによって、今、病気《びょうき》になるなんて！」

イザヤはすぐに電話をつかみ、リリのパパに連絡《れんらく》しました。そして、二分もしないうちに、パパが飛《と》んできました。

「どうした？」パパは部屋《へや》にかけこむと、心配《しんぱい》そうにたずねました。

「リリが水ぼうそうだって？」

バスルームから出てきたリリを見ると、パパはたったひとこと言いました。

「わあ」それから、はっとわれにかえり、リリの斑点《はんてん》をじっくり診察《しんさつ》しました。

そして、いきなり笑《わら》いだしました。「これは水ぼうそうじゃないよ」

「ほんとう？」リリはたずねました。「それじゃあ、なに？」

「蚊《か》にさされたんだ。さされまくったんだよ！」パパはひたいにしわをよせました。「ベッドの上に、蚊帳《かや》がついていたのに！　おろさなかったのかい？」

リリは首をふりながら、ひどく後悔《こうかい》しました。「外のブランコで寝《ね》ちゃったの」

「外で？」パパはたずねました。なかば楽しんでいるように聞こえます。

「イザヤ、どうしてリリに言わなかったんだ？　外で寝《ね》るのはよくないよって」

イザヤは肩《かた》をすくめました。「食事《しょくじ》からもどったときには、リリはもう眠《ねむ》っていたから……蚊《か》にさされるなんて、思わなかったよ」そして、いらいらしたように息《いき》をはずませて、言いたしました。「本物《ほんもの》のナミビア人だったら、すぐに思いつくんだろうけど」

パパはイザヤの肩《かた》をたたきました。「この世《よ》のおわりじゃないんだ。おじいさんたちからラベンダーオイルをもらってこよう。それを、さされたところにぬっておくといい」パパはリリの髪《かみ》をなでました。「もう、外で寝《ね》ないほうがいいよ」

パパは、にこにこしながらリリにアドバイスすると、向《む》きを変《か》えて行こうとしました。そして、もう一度《ど》ふりかえって言いました。

「イザヤ、また鼻血《はなぢ》が出ているよ」

イザヤは驚《おどろ》いて鼻《はな》をふきました。やはり、少しばかり出血《しゅっけつ》しています。

パパはつぶやきました。「ほんのちょっとでいいんだけど、セイヨウノコギリソウかセイヨウメギがあったらなあ。鼻血《はなぢ》に効《き》くんだよ。玉ねぎもきっと効《き》くぞ……」そして、パパは出ていきました。それから、またもや顔をのぞかせて言いました。

「朝食は三十分後でいいかな?」

リリとイザヤはうなずきました。パパが行ってしまうと、ふたりはベッドに並《なら》んですわり、がっくりしました。リリは虫にさされた両手《りょうて》を見ながら言いました。

「わたしたち、まだそんなにうまくアフリカでやっていけてない気がする」

イザヤは少しばかり間をおいてから、ゲラゲラ笑《わら》いだしました。リリも、いっしょに笑《わら》いました。すると、窓辺《まどべ》のサボテンがぐんとのびました。そして、一瞬《いっしゅん》にして、新《あら》たに二つ、ピンクの花が咲《さ》きました。

シュミット伯爵夫人《はくしゃくふじん》はボンサイのとなりにこしをおろしました。「スーゼウィンド嬢《じょう》がお笑《わら》いになって、お花をカラフルになさった。ということは、わたくしの言うことを聞いて、病気《びょうき》をやめることになさったのね」猫《ねこ》は満足《まんぞく》そうに言いま

した。「そう、わたくしの影響力《えいきょうりょく》はだれよりも強《つよ》いですものね！」

　それから三十分後、みんなは、本館《ほんかん》の大きな食堂《しょくどう》にやってきました。リリは、ビュッフェでトーストとパンケーキをお皿《さら》に積《つ》みあげると、みんなといっしょに席《せき》につきました。そして、まず、髪《かみ》をポニーテールに結《むす》びました。そうでなくても、いつもモップのように広がっている、赤いぼさぼさのくせのある髪《かみ》の毛が、きょうはどうにもまとまりません。

　ちょうど、おばあちゃんが語っています。「けさ、散歩《さんぽ》に出たんだよ。というより、足をひきずっていたんだけどね」おばあちゃんは、そばの壁《かべ》に立てかけてある松葉《まつば》づえをたたきました。「まあ、それはともかく、そのときに気がついた

んだよ。農場《のうじょう》の柵《さく》がいくらか弱くなっていて、ガタガタしているのさ」おばあちゃんは熱血《ねっけつ》な職人《しょくにん》で、大工仕事《だいくしごと》が得意《とくい》です。「修理《しゅうり》したほうがいいんじゃないかい。野生動物《やせいどうぶつ》が柵《さく》をつきやぶって、牛をおそわないように……」

アケーレは肩《かた》をすくめました。「ああ、そんなことは、たびたびありますよ。どうすることもできないんです」

「ひょっとしたら、どうにかできるかもしれないよ」おばあちゃんはそう言って、リリにウインクしました。

おばあちゃんがこの旅行《りょこう》でなにをしたいのか、リリはまだたずねていません。でも、この口ぶりだと、柵《さく》を修理《しゅうり》したいのかもしれません。

「きょうはどうするの？」リリはたずねました。そして、耳のうしろをかきました。マチルデおばあさんからもらったラベンダーオイルは、虫さされにとてもよく効《き》きますが、それをぬっても、あちこちかゆい部分《ぶぶん》がありました。

「人を紹介《しょうかい》しようか」アケーレは答えました。「ナミビアについて話を聞かせて

もらえるよ」

イザヤは当てつけがましくあくびをしました。

アケーレはむっとして、イザヤをにらみつけました。

「プールですごすのはどう?」ママは提案《ていあん》しました。「ただ、ひたすら、のんびりするの……」

「そんなのつまんない」リリはぶつぶつ言いました。

「新しい動物《どうぶつ》と知り合いたい」

「そのことはもう話がついているでしょう」ママはきびしい目つきで娘《むすめ》を見ました。

けれども、リリはひるみません。「これから二週間、ずっと牛と話してろって言うの?」

ママは首をふりました。

「ちがうわよ。牛とも話さないほうがいいわ。牛だって、ものすごく大きな群《む》れだということだし。牛たちがあなたを発見《はっけん》して、おしかけてきたら――」

「ママ！」

すると、おばあちゃんが間に入って言いました。「レギーナ、本気かい？　そんなふうに禁止《きんし》すれば、リリを動物《どうぶつ》から遠ざけておけると思っているのかい？」

おばあちゃんはママをするどい目で見つめました。「わたしが知ってるリリはね、禁止《きんし》しようが、イザヤとこっそり出かけていっちゃうよ」

「そんなことは、ぜったいにしちゃだめよ！」ママはリリに向《む》かって強《つよ》く言いました。「どんなことがあっても、イザヤとふたりきりで農場《のうじょう》から出ちゃだめ！」

「それは危険《きけん》すぎる」アケーレはママの味方《みかた》です。「サバンナは遊園地《ゆうえんち》じゃない。それに、きみたちはナミビアのことをよく知らないからね」アケーレはがっかりしたような表情《ひょうじょう》で息子《むすこ》を見つめました。「どうやらお前も、ナミビアのことを勉強《べんきょう》する気はまったくなさそうだ」

イザヤのがまんも限界《げんかい》です。イザヤはひどく腹《はら》を立てて大声で言いました。そ

れも、ドイツ語ではなく、アフリカーンス語で。

みんなはあっけにとられてイザヤを見つめました。リリだけはそれほど驚《おどろ》いていません。イザヤが言いはなった言葉《ことば》が、暗記《あんき》したありきたりのものではなく、自然《しぜん》な言葉《ことば》づかいだったのだと、リリは感《かん》じました。旅行《りょこう》前に、こっそり猛勉《もうべん》強《きょう》していたにちがいありません。

アケーレはイザヤをじっと見すえました。それから、やはり、アフリカーンス語でなにやら言いました。

イザヤは負《ま》けずにお父さんの目を見つめ、ドイツ語で答えました。「それはちがう。ぼくはナミビアに来るのを、とても楽しみにしていたんだ。この国はとてもわくわくするよ！　でも、パパはいつだって、こうなんだ。もっと上手に、もっとうまくやれって、期待《きたい》が大きいんだ。それで、ぼくに、自分のルーツを知るだけでなく、ナミビア人のように〝正しく〟ふるまわせようとする。そのせいで、すっかり気がめいってしまったんだ」

リリのママはとまどい、うなだれました。

けれども、アケーレは腹《はら》を立てています。アケーレは深《ふか》く息《いき》をすいこむと、きつい言葉《ことば》をつきつけようとしました。

そこで、リリのおばあちゃんが、手のひらでテーブルをバンとたたきました。

「いいかげんにおし！」おばあちゃんは大声で言いました。

「けんかはおしまい。わたしは、バカンスに来ているんだよ！」

アケーレは、あっけにとられておばあちゃんを見ました。

けれども、おばあちゃんの話はまだおわっていません。

「それから、きょうはサファリへ行くよ」

ママはすぐに口を開《ひら》き、反論《はんろん》しようとしました。けれどもおばあちゃんは、ママにはひとことも口出しさせません。「きょうは、サファリに行く。以上《いじょう》！」

こうして、きょうの予定《よてい》が決定《けってい》しました。

サファリ

「でも、見ているだけよ！　ツアーの間、動物《どうぶつ》と話しちゃだめ！」ママは、本館《ほんかん》へ向《む》かう木の橋《はし》をわたりながら、娘《むすめ》にくりかえし言いきかせました。リリは、うーんと声を出しました。どうしてママは、サファリに行くのをそんなに反対《はんたい》するのでしょうか。リリにはふしぎでなりません。朝食のときから、三度《ど》もツアーを中止させようとしました。けれども、ありがたいことに、おばあちゃんがツアーに行くとゆずりません。おばあちゃんがいったん決《き》めたことは、だれにも止められないのです。

「いよいよ、出発《しゅっぱつ》？」だらりと舌《した》をたらし、リリの横《よこ》を歩いているボンサイが、ワンワンほえました。「サバンナ野郎《やろう》たちを見に行くの？」

「そうよ」リリは言いました。

「ぼさぼさモンスター猫《ねこ》にも会うかもね！」ボンサイは、たてがみの生えたライ

オンをそう呼《よ》んでいます。

シュミット伯爵夫人《はくしゃくふじん》は、ひとりごとをつぶやくようにニャアと鳴きました。

「きらびやかな塔《とう》のように、わたくしの中で、とほうもない喜《よろこ》びが、はてしなく高く積《つ》みあげられていきますのよ！」

「え？　なんですって？」リリはたずねました。

「待《ま》ちきれない思いでございます！」猫《ねこ》はおどるようにはねまわります。「きょうは、獅子《しし》のゴロニャン紳士淑女《しんししゅくじょ》のみなさまとお知り合いになれるかもしれませんわね！　広大な土地を支配《しはい》し、すさまじい声でほえ、国中をふるえさせる、威《い》厳《げん》ある獅子《しし》の紳士淑女《しんししゅくじょ》のみなさまに！」猫《ねこ》は深《ふか》く息《いき》を吐《は》きだしました。自分の言《こと》葉《ば》に酔《よ》っているようです。「これまでの人生の、クライマックスでございます！」

リリはにっこり笑《わら》いました。

みんなは本館《ほんかん》に向《む》かいました。大型《おおがた》のオフロード車の横《よこ》で、カーキ色のズボンをはいた男の人が待《ま》っています。サファリツアーのガイドでしょう。

ボンサイは先頭を歩き、しっぽをふりながらほえました。「おっす！」

男の人はしゃがみこんで、小さな白いぼさぼさの犬をなでました。それから、つづいてやってきた、リリやほかの人たちを出むかえ、ひとりひとりとあく手《しゅ》をしました。「シャマカニです」男の人は明るく自己紹介《じこしょうかい》をしました。「みなさん、サバンナへ行く心の準備《じゅんび》はできてますか？」

ママはため息《いき》をつきました。けれども、おばあちゃんは元気よく返事《へんじ》をしました。「とっても楽しみだよ！」

みんなが車に乗《の》りこむと、シャマカニは、はでにクラクションを鳴らしました。

ママはもう一度《ど》ため息《いき》をつきました。それを聞いたおばあちゃんは、ママを横目《よこめ》でにらみつけました。「たくさん写真《しゃしん》を撮《と》るって言ってただろう？」おばあちゃんはママにたずねました。「ずっと農場《のうじょう》にいたら、テニスコートとプールの写真《しゃしん》だけしか残《のこ》らないじゃないか。そんなの、つまらないよ」

ママは鼻《はな》にしわをよせました。「写真《しゃしん》を撮《と》るのに、サファリはいらないわよ！」

リリは驚《おどろ》きました。ママは旅行《りょこう》に出発《しゅっぱつ》する前に、動物《どうぶつ》の写真《しゃしん》を撮《と》りたいと話していなかったでしょうか。それなのに、どうして今は撮《と》りたくないのでしょう。

車が走りだすと、さっそく、シャマカニは、じきに遭遇《そうぐう》するはずの動物《どうぶつ》たちについて語り始《はじ》めました。カバ、ヌー、ワニ、スプリングボック、それに、チーター。シャマカニは地域《ちいき》のことにくわしく、動物《どうぶつ》と出会えるチャンスのある場所《ばしょ》をよく知っていました。

はじめに、大きな牛の群《む》れのそばを通りすぎました。これはダンデライオン農《のう》場《じょう》の牛たちで、ドイツの草原にいる牛とはまったくちがいます。けれども、どちらも同じくらい美《うつく》しい動物《どうぶつ》です。そもそも、美《うつく》しくない動物《どうぶつ》など存在《そんざい》しません。リリは牛をながめながらそんなことを考えました。

シャマカニは解説《かいせつ》しました。すぐこの近くに水場があり、暗《くら》くなるとたくさん動物《どうぶつ》が集《あつ》まってくるのだと。「ときどき、夜《よる》にゾウの声が農場《のうじょう》まで聞こえてきます。そんなとき、自分がたぐいまれなる自然《しぜん》の天国にいることに、気づかされます」

車は、たびたび岩にさえぎられるものの、ほとんどたえまなくつづく草原を走っていきました。ボンサイが言う、なにも生えていない〝はだか地面《じめん》〟の長い道も、くりかえしあらわれます。そこでは、地面《じめん》がからからにかわいているのがわかりました。シャマカニは、これまで走ってきた土地は、すべてダンデライオン農場《のうじょう》の所有地《しょゆうち》だと説明《せつめい》しました。

それからしばらくすると、野生動物《やせいどうぶつ》の群《む》れがあらわれました。ウシ科のアンテロープ、クーズーです。少なくとも三十頭のクーズーが、のんびりとサバンナを歩いていきます。

ママは急《いそ》いでカメラをとりだし、たくさん写真《しゃしん》を撮《と》りました。

「どうせ来たんだもの。もちろん写真《しゃしん》も撮《と》るわよ」ママは言いました。

おばあちゃんはまゆ毛を高くあげて、うなずきました。

リリはほおづえをついて、ぼんやり外をながめていました。今いちばんしたいこと。それは、群《む》れの真《ま》ん中《なか》で動物《どうぶつ》たちに〝こんにちは〟とあいさつすること。

「あちらのみなさんがかぶっていらっしゃるかんむり！　すてき！」シュミット伯爵夫人《はくしゃくふじん》は有頂天《うちょうてん》です。クーズーたちは、とても美《うつく》しい、曲《ま》がった角が生《は》えています。「ああ、アフリカのみなさんはエレガントで、すぐれたセンスをお持《も》ちでいらっしゃる！」

ボンサイは「それにしても、すごいたくさんのシカの団体《だんたい》だ」と驚《おどろ》いています。

アケーレは、グレータークーズーとも言うんだよ、と説明《せつめい》しました。

すると、イザヤが、なにやらつぶやきました。リリにだけしか聞こえていません。クーズーの学名をラテン語で言ったようです。リリのために、プリントアウトしたインターネットの記事《きじ》を覚《おぼ》えていたのでしょう。

クーズーのそばを通りすぎながら、リリは物思《ものおも》いにふけっていました。外を歩きたい。動物《どうぶつ》の群《む》れのように自由《じゆう》に。そして、出会った動物《どうぶつ》たちと言葉《ことば》を交《か》わしたい……。

そのとき、とつぜん、リリは、さけび声を聞きました。

「しっかりつかまって、おチビちゃん。落《お》っこちちゃうよ！」

車は大きな岩に向《む》かって走っています。その岩の上に、ヒヒがすわっています。「見てください！」シャマカニはうれしそうに車を止めました。そして、ヒヒはナミビアに広く分布《ぶんぷ》している、と説明《せつめい》しました。

リリは胸《むね》をドキドキさせながら、ヒヒを観察《かんさつ》しました。リリが聞いたのは、お母さんヒヒの警告《けいこく》だったようです。ちょうど、子どもが岩から木に飛《と》びうつり、おりていこうとしていました。「上手よ、おチビちゃん！」お母さんヒヒは、うまく飛《と》びうつった子どもをほめました。「でもね、向《む》こうのコロコロ箱《ばこ》の近くに行ってはだめよ。わかった？」お母さんヒヒは不《ふ》きげんな声で言いそえました。

「ジロジロギョロメザルたち、さっさと行ってくれないかしら」

「車が動物《どうぶつ》たちに近づきすぎているのかね？」おばあちゃんはたずねました。

「邪魔《じゃま》しているんじゃないのかい？」

「この地域《ちいき》の動物《どうぶつ》たちは、人間に慣《な》れていますよ」シャマカニは自信《じしん》たっぷりに言いました。「わたしたちがここにいても、まったく問題《もんだい》ありません」

そこで、リリは言いかえさなければなりませんでした。「ええと、あそこの上にいるお母さんヒヒが、この車に気をつけるようにって、子どもに注意《ちゅうい》したの。それに、ジロジロギョロメザルたちが、さっさといなくなってほしいと言ってた」

ボンサイは笑《わら》いました。「ジロジロギョロメザル！　おかしくて、たおれそう！」

シャマカニも笑《わら》っています。でも、ボンサイのように楽しそうではありません。

「信《しん》じられないな。サルたちがわたしたちのことを話しているなんて。サルたちにとって、人間は風のようなものですよ。来ては去《さ》っていく。そんなに気にかけちゃいませんよ」

「人間がサルの邪魔《じゃま》になっている、とリリが言うなら、ほんとうに邪魔《じゃま》しているんだよ」イザヤは説明《せつめい》しました。

リリのママは手をあげて、イザヤを止めようとしました。けれども、イザヤは、かまわず話しつづけました。「リリは動物《どうぶつ》と話せるんだ」

そこで、ママはため息《いき》をもらしました。きょうは、これで三度《ど》目です。ちょっぴり苦《くる》しそうです。今では、娘《むすめ》の特別《とくべつ》な能力《のうりょく》をひみつにしてはいないものの、いちいち人に話して聞かせる必要《ひつよう》もないと、ママは思っています。

シャマカニは、イザヤの話をしんけんには受《う》けとめていません。「そうか。リリは動物《どうぶつ》と話せるんだね」シャマカニは皮肉《ひにく》っぽく言うと、車をバックさせて、それからゆっくりと先へ進《すす》みました。

すると、お母さんヒヒの、仲間《なかま》を呼《よ》ぶ声が聞こえてきました。「行っちゃったよ、みんな出ておいで！」

それからすぐに、小さな赤ちゃんを連《つ》れた二頭のお母さんヒヒが、岩の上に姿《すがた》を見せました。人間に見つからないよう、かくれていたのでしょう。「よかった。ただのジロジロギョロメザルだよ」お母さんヒヒの一頭が言いました。「言ったじゃない。ただのジロジロギョロメザルだって！」ほかのお母さんヒヒが答えました。「発射《はっしゃ》ギャングたちは、一目見ればわかるよ！」

発射《はっしゃ》ギャング？　リリは、遠ざかる岩の上のヒヒを見ながら考えました。ヒヒの話を聞きまちがえてしまったのでしょうか。発射《はっしゃ》ギャング？

車はさらに進《すす》み、間《ま》もなく、一頭のハイエナが見えてきました。ハイエナは、すばやく逃《に》げだしました。それでも、ママはみごとにカメラにおさめました。

とつぜん、パパがさけびました。「ストップ！　あそこ！」パパは興奮《こうふん》しながら、ある方向《ほうこう》を指《ゆび》さしています。低《ひく》い木と草むらと大きな岩のかたまりのほかには、なにも見えません。

シャマカニは車を止めました。「なんですか？」

「あそこ！」パパはさけびました。「枝《えだ》わかれした低《ひく》い木、わかる？　かけても

いい。あれはジュルバの木だ。あの近くに、よくハクントゥが生えているそうだ！」

アケーレは首を横《よこ》にふりました。

「言っただろう。ジュルバもハクントゥも存在《そんざい》しないって。ただの伝説《でんせつ》だよ！」

「車をおりるつもりじゃないでしょうね？」ママはうめくような声でたずねました。きょうのママは、うめき声をあげてばかりいます。

「確《たし》かめに行かせてよ、いいだろう？」パパは言いました。「なんでそんなにぴりぴりしてるんだ？」ママが答える前に、パパはもう車を飛《と》びおりていました。

「そうだよ」おばあちゃんがママをじっと見ています。「どうしたんだね」

「なんでもないわよ！」ママははねつけるように言いました。

「朝食が少し合わなかっただけ」

「おや、なにがだめだったのか、正直に教えてくれないか？」アケーレはたずねました。

おとなたちが朝食について話し合っている間、リリはパパのうしろ姿《すがた》を見ていました。

ました。追《お》いかけたいと思いました。パパは、植物《しょくぶつ》をさがしているだけです。それに、動物《どうぶつ》の姿《すがた》も見えません……。

そのとき、イザヤがリリに、にやりと笑《わら》いかけたのに、リリは気がつきました。イザヤは、リリが考えていることを察知《さっち》したようです。そして、次《つぎ》の瞬間《しゅんかん》、イザヤはするりと車をぬけだしました。リリも少しのためらいもなく、イザヤを追《お》いかけました。車の中のおとなたちは、まったく気づいていません。幸《さいわ》いにも、近くにかくれられる茂《しげ》みがたくさんあります。

「いよいよ、かしら？」シュミット伯爵夫人《はくしゃくふじん》の声がします。猫《ねこ》も、ふたりを追《お》って、すばやく車を飛《と》びおりたのでしょう。「りっぱな獅子《しし》のお方のところへ連《つ》れていってくださるの、スーゼウィンド嬢《じょう》？　まあ、まあ、まあ！」猫《ねこ》は大喜《おおよろこ》びで喉《のど》を鳴らしました。

「わたくし、人生最高《さいこう》の出会いのための、心の準備《じゅんび》はできておりましてよ！」

シュミット伯爵夫人《はくしゃくふじん》と並《なら》んでボンサイが歩いています。「ここの茂《しげ》みはなかな

かいいぞ！」ボンサイはヘッヘッヘッと息《いき》をはずませ、くんくんかぎまわりました。そして、一本の低《ひく》い木におしっこをかけて、満足《まんぞく》しました。

リリとイザヤは急《いそ》いで歩き、やぶをかきわけながら進《すす》んでいくパパに追《お》いつきました。

「おや、きみたちも、ほんとうにハクントゥがあるのか、知りたいんだな」パパは言いました。「なんとなく、わくわく、ドキドキするだろう？」

リリはほっとしました。パパはぜんぜんしかりません！

「向《む》こうにあるのはきっとジュルバの木だよ」パパは予想《よそう》しています。「そのかげに、よく――」そのとき、とつぜん、一本の枝《えだ》がはねかえり、パパの顔をうちました。パパはよろめきながらあとずさり、しりもちをつきました。

それからすぐに、声がしました。「ドスン！」

リリはきょろきょろしました。だれの声でしょうか？

ボンサイにも声が聞こえたようです。

「リリ！」犬はウォッと声をあげました。「警報《けいほう》？」

「いらない。しなくていいわ」リリは答えました。それよりも、まず、パパのようすを見なければなりません。

パパは地面《じめん》にすわりこんでいます。

「パパ、だいじょうぶ？」

パパはひたいをこすりながら、笑《わら》いました。「だいじょうぶだよ」そして、よっこらしょっと立ちあがりました。

「うーっ！」なにかの声がします。

イザヤが急《いそ》いでふりかえりました。「今のはなに？」

シュミット伯爵夫人《はくしゃくふじん》も耳を立てています。「獅子《しし》のお方はこんな声ではありません！　わたくしの注文《ちゅうもん》をおまちがえになったのではございませんこと、スーゼウィンド嬢《じょう》？　わたくしの望《のぞ》みは――」

すると、ボンサイが全身《ぜんしん》の力をこめてキャンキャンほえました。

「リリ！　見たよ！　ウーッて言ったやつ！　リス野郎《やろう》みたいなやつだ！」

「どこにいるの？」リリは犬にたずねました。

「消《き》えた」

「どんな姿《すがた》だった？」

「すごく、へとへとって感《かん》じ」

「えっ？」

「完全《かんぜん》にまいってたな！」ボンサイは大きな声で言いました。「あいつ、もうずっと寝《ね》てないよ。だって、目のまわりが黒かったもん。きっと、すごく具合《ぐあい》が悪《わる》いんだ！　かわいそうなリス野郎《やろう》」

ボンサイがなにを見たのか、リリにはすぐにわかりました。

「なんだって？」パパとイザヤが同時にたずねました。

「ボンサイが見たのは、ミーアキャットかも」リリは答えました。「今ここで、キーキー鳴いていたのは、それじゃないかな」ただのキーキー声というよりは、かん高い声でほえているような音でした。

「それで、もういなくなっちゃったの？」イザヤはたずねました。

リリはふりかえってさがすと、とつぜん、暗《くら》い色の毛にふちどられた二つの大きな目が見えました。小さなミーアキャットが木の枝《えだ》にすわっています！

リリは息をのみました。

「ハアハア！」ミーアキャットはキッキッと鳴きました。

「ハロー」リリはうれしそうに言いました。

「こいつだよ！」ボンサイは声をかぎりにほえました。

「見てよ！　こいつ、めちゃくちゃおかしなやつだよ！」

「ほら、やっぱりサバンナの王ではありませんわね！」シュミット伯爵夫人《はくしゃくふじん》は、がなりたてました。「スーゼウィンド嬢《じょう》、注意力散漫《ちゅういりょくさんまん》でございます。しっかり集中《しゅうちゅう》してちょうだい！」

リリは集中《しゅうちゅう》しています。しっかりと、ミーアキャットに注意《ちゅうい》を向《む》けています。

まだ、とても幼《おさな》いようです。体の毛はふわふわです。「ヤッホー！」小さなミーアキャットはリリにいたずらっぽくあいさつすると、首をかしげました。

リリは笑《わら》わずにはいられませんでした。すると、ミーアキャットがすわっている枝《えだ》が、ほかの枝《えだ》とともに、またたく間に数センチ長くなりました。

ミーアキャットは目を丸くして驚《おどろ》きの声をあげました。

「わああ！」

そこで、そのとなりに、二匹《ひき》目のミーアキャットがあらわれました。

「ヤッホー！」

「あら、あなたたちはふたりなのね！」リリは喜《よろこ》びました。それからすぐに、三匹《びき》目を発見《はっけん》しました。少しはなれた丘《おか》の上で、直立して見張《みは》っています。ミーアキャットは、いつも仲間《なかま》の中の一匹《ぴき》が、見張《みは》りをしなければならないのです。

リリはほほえみました。ふさふさの毛の生えた小さな頭に淡《あわ》いピンクの鼻《はな》。三匹《びき》のミーアキャットは、とてもかわいらしく見えます。

「わたしはリリ」リリは自己紹介《じこしょうかい》しました。

枝《えだ》の上の二匹《ひき》は、無言《むごん》でリリを見つめています。まだ、それほど上手に話せないのでしょう。

「あなたたちのお父さんとお母さんはどこ？」リリはたずねました。

「ない！」二匹《ひき》のうちの片方《かたほう》が答えました。

イザヤはたずねました。「なんて言ってる？」

リリが通訳《つうやく》すると、イザヤは考えこみました。「群《む》れからはぐれたのかなあ？」

それは、じゅうぶんに考えられます。「あなたたちだけで、やっていけている？」

リリは三匹《びき》のことを知りたいと思いました。

二匹《ひき》のミーアキャットは歯《は》をむきだして、うなりました。「グルルルルル！」

自分たちは戦《たたか》えるし、とても危険《きけん》な動物《どうぶつ》だ、と伝《つた》えたいのでしょう。

ボンサイはヘッヘッヘッと息《いき》をはずませています。

「これはまたカリカリした連中《れんちゅう》だな」

そこで、パパが咳《せき》ばらいしました。

「ゴホン、ゴホン、えー、リリ、ママは……」

「野生動物《やせいどうぶつ》の群《む》れにふみつぶされるのが怖《こわ》いんでしょ」リリは言いました。「でも、ここにいる子たちは、そんなことしないわよ！」

それにはパパも納得《なっとく》したようです。

「そうだね。そのとおり。でも、あまり長いこと、うろうろしないほうがいい。ハクントゥもさがしたいんだ」

シュミット伯爵夫人《はくしゃくふじん》も文句《もんく》を言いました。「スーゼウィンド嬢《じょう》、重要《じゅうよう》なことに集中《しゅうちゅう》なさらないと、このまま根《ね》が生えちゃいますわよ。わたくし、すでに感《かん》じますの。足がむずむずし始《はじ》めましたわ。地面《じめん》にはりついていくようでございます！」

リリはふたたびミーアキャットのほうに向《む》きました。「ねえ、ハクントゥって知ってる？　黄色くて、茶色い斑点《はんてん》がついているの」

リリがたずねるとすぐに、二匹《ひき》のミーアキャットはひどく興奮《こうふん》し始《はじ》めました。二匹《ひき》は直立し、頭を左から右へ、ぴくりと動《うご》かし、それから、きびきびと枝《えだ》を飛《と》びおりました。リリになにかを見せようとしています。

「この子たち、知っているみたい」リリは大きな声で言いました。

パパは目を見開《みひら》きました。「ほんとうか？」

「ほんとうよ！」

シュミット伯爵夫人《はくしゃくふじん》は感激《かんげき》し、歩きだしました。「ほら、できるではございませんか！」猫《ねこ》はニャアと鳴きました。「ああ、ハクントゥ。威厳《いげん》ある獅子《しし》たるお方にふさわしい、まことにはなやかな、りっぱなお名前！」猫《ねこ》は、なにかをこすり落《お》とそうとするかのように、うしろ足で地面《じめん》をかきました。「運《うん》がいいですわ。危《あや》うく、根《ね》が生えるところでしたわ。でも、うまくかわせました」

そこへ、ボンサイが猫《ねこ》の横《よこ》にやってきました。「クール！」犬はキャンキャンほえると、うれしそうに前足で地面《じめん》をかきました。

「おいら、ほるのがいちばん好《す》きだよ。よし、全力《ぜんりょく》でやるぞ！」犬は力をこめて地面《じめん》をかきました。土が四方八方に飛《と》びちります。

そして、たくさんの土が猫《ねこ》にかかりました。「ボンサイ伯爵《はくしゃく》！」猫《ねこ》はかんかんです。「あなた、わたくしをよごしてますわよ！」

ボンサイは土ほりをやめて、猫《ねこ》をじっと見つめました。毛皮《けがわ》とひげに、小さな土がたくさんついています。「うわあ、シュミちゃん、きたないよ」

シュミット伯爵夫人《はくしゃくふじん》はわざとらしく体をふり、それから毛をなめました。ボンサイは猫《ねこ》のもとへ行くと、猫《ねこ》の顔をせっせとなめました。シュミット伯爵夫人《はくしゃくふじん》はこれが大好《だいす》きらしく、喉《のど》をゴロゴロ鳴らしてじっとしています。

「ありがとうございます、ボンサイ伯爵《はくしゃく》。あなたは、上流階級《じょうりゅうかいきゅう》の貴婦人《きふじん》のあつかい方をよく心得《こころえ》ていらっしゃる」

リリは笑《わら》いました。けれども、これ以上《いじょう》、猫《ねこ》と犬に気をとられているわけにはいきません。前を行く三匹《びき》のミーアキャットを見失《みうしな》いたくなかったからです。

「来て！」リリは大きな声で言うと、三匹《びき》のミーアキャットを追《お》いかけました。

パパとイザヤ、シュミット伯爵夫人《はくしゃくふじん》とボンサイも、リリを追《お》いかけました。

リリは急《いそ》ぎ足で、いくつもの茂《しげ》みをかきわけながら進《すす》みました。すると、とつぜん、目の前が開《ひら》けました。大地が広がっています。

「うわあ、これはすごい！」パパの口から、感激《かんげき》の声がもれました。

イザヤの目がきらりと光りました。「わあ！」イザヤも声をあげました。

「あれ？」リリは言いました。

ミーアキャットたちは、ほこらしげにリリを見上げています。

「あっち、あれー！」

そこで、リリも気がつきました。

ミーアキャットたちが導《みちび》いてくれたのは、ハクントゥのある場所《ばしょ》ではありませ

ん。茶色い斑点《はんてん》のある黄色い植物《しょくぶつ》は、やはり見当たりません。
目の前にあらわれたのは、キリンの群《む》れでした。

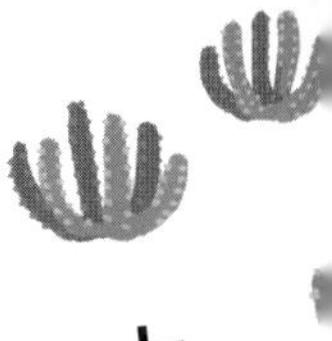

キリンのノッポ

「わあ、これはなんだ。シミ巨人《きょじん》だぞ」ボンサイはキャンキャン鳴きました。

「えっと、体にものすごいでかいシミがついてるよ！　えっと、巨大《きょだい》なやつで……シミつきだよ！」犬はすっかり混乱《こんらん》しています。ボンサイはキリンを見るのがはじめてです。

「まーっ！」シュミット伯爵夫人《はくしゃくふじん》は甘《あま》い声をあげて、うっとりしています。

「あちらのみなさんは、かの獅子《しし》のお方ではございませんけど、りっぱな紳士淑《しんししゅく》女《じょ》にちがいありませんわ。威厳《いげん》ある首のお方たち！」

キリンたちは夢中《むちゅう》になって草を食べています。おいしそうにもぐもぐと木の葉《は》を食べ、リリたちには目もくれません。

ただし、一頭をのぞいては。群《む》れの中の一頭が、自分の目が信《しん》じられないかのように、体をふりました。それから、長いまつげを二回ぱちぱちさせると、首を

前へつきだしました。

「メガネがいりそうだね」イザヤは言いました。

キリンは、宇宙人《うちゅうじん》でも見るかのように、うんと首をつきだしました。

「あたし、なにを見ているのかしら？」

「えーっと、わたし」リリは答えました。キリンがリリをじっと見ていたからです。

すると、何頭かのほかのキリンの耳が、ぴくりと動《うご》きました。リリのほうを見ているキリンもいます。けれども、そのまま、もぐもぐ口を動《うご》かしつづけていました。

前かがみになっていたキリンは体を起《お》こし、もう一度《ど》、体をふると、まぶたをぎゅっととじました。それから、ふたたび目を開《あ》けました。リリがまだそこにいるのか、気のせいだったのか、わくわくしているようです。「おやまあ！」キリンは大きな声で言いました。

「本物《ほんもの》だわ！」キリンが足早に近づいてきます。仲間《なかま》よりひときわ背《せ》の高い、巨大《きょだい》なキリンです。

パパはリリを守るために前に出ました。けれども、リリはそっとパパを脇《わき》へおしました。リリは、ちっとも怖《こわ》いと思いません。

「こいつは本物《ほんもの》の、のろまなノッポだよ」

ボンサイはそう言うと、三歩うしろにさがりました。

「なんて美《うつく》しい、ぱちぱちまつ毛のご婦人《ふじん》かしら！」シュミット伯爵夫人《はくしゃくふじん》は、ニャアと鳴きました。

そこへ、キリンがやってきました。「これはまた、かわいらしい！」キリンは興味津々《きょうみしんしん》にリリのにおいをかぎました。「赤ちゃんキリンかしら？」

リリはほほえみました。動物《どうぶつ》たちは、リリをはじめて見ると、すぐに自分の仲《なか》間《ま》だと思います。「ちがうの。わたしは人間の女の子。動物《どうぶつ》と話せるの」

「あら、そうなのかい」別《べつ》のキリンが葉《は》を食べながら、リリのほうに耳を向《む》けてつぶやきました。ちょっぴり、おばあさんのように見えます。

「あたし、ノッポ」大きなキリンは自己紹介《じこしょうかい》をすると、まつげを二回ぱちぱちさせました。

「ばつぐんにすてき！」シュミット伯爵夫人《はくしゃくふじん》は歌うように言いました。

「わたしはリリ」リリは言いました。

「あなたにも、すてきなテンテンがあるのね」キリンは言いました。

「テンテン？」リリは驚《おどろ》きました。そして、その意味《いみ》がわかりました。

「これは、虫さされ。蚊《か》にさされたの。だから、いつか消《き》えちゃうのよ」

「テンテンにやさしくお願《ねが》いすれば、このままずっといてくれるかもしれないわよ」ノッポはまじめな顔で答えました。

「ねえ、頭、どうかした？」キリンはたずねました。「つぶれちゃったみたいね」

「どうもしないけど」リリは答えました。「どうして？」

「それでも、問題《もんだい》ないけどね」キリンは、リリを上から下まで、なめるように見ながら言いました。

「でも、なにかにぺちゃんこにされたのよね」そこで、キリンはリリの首に目をとめました。「あらら！　そんなばかかな！」

「えーっと……なにが？」

「あなたの首よ！」

リリは喉《のど》に手を当てました。「これがふつうなんだけど」

「でも……ないじゃない！」ノッポはぎょっとしています。

「あるわよ！」リリは、首がよく見えるよう、あごをつきだしました。

「消《き》えた！」一匹《ぴき》のミーアキャットが、ひとこと言いました。

ノッポはひどく興奮《こうふん》しています。

「さがさないと。すぐに！」キリンはさっそく地面《じめん》をかぎ始《はじ》めました。

「わたしの首を？」リリはびっくりしています。

すると、イザヤが大声で笑《わら》いだしました。けれども、シュミット伯爵夫人《はくしゃくふじん》は、いい考えだと思ったようです。

「そうですわよ。スーゼウィンド嬢《じょう》、あなたに新しい首を見つけてさしあげますわ！ぱちぱちまつ毛のご婦人《ふじん》とそっくり同じものを。ものすごくりっぱになりますわよ！おお、おお、おお、まさしく、威厳《いげん》あるお姿《すがた》になりますわ！」猫《ねこ》もあちこちさがしまわっています。

ボンサイには、シュミット伯爵夫人《はくしゃくふじん》がなにを言ったのかわかっていません。けれども、かぎまわるのはいいことだと思っています。犬は小走りで猫《ねこ》によっていきました。

「おや、シュミちゃん！　おもしろいことさがしのプロだね！　いつも最高《さいこう》にいいこと思いつくんだ！」犬はウォッとほえました。

「だれがいちばん先にクールなものをかぎつけるか、競争《きょうそう》だ！」

ボンサイとシュミット伯爵夫人《はくしゃくふじん》とノッポが地面《じめん》に鼻《はな》をおしつけている間、ほかのキリンたちは、ゆうゆうと木の葉《は》を食べていました。

リリは、かぎまわる動物《どうぶつ》たちを止めようとしました。「わたしには、ちゃんと首があるの！」リリは大きな声で言いました。

すると、何頭かのキリンがリリのほうへ顔を向《む》けました。リリは感《かん》じました。キリンたちに同情《どうじょう》の目で見られています。

「あなたにすばらしい首があるなら、わたしにはピンクの羽があるってところだね……」おばあさんキリンがつぶやきました。

ノッポはやさしくリリを見つめました。「わかった。そう思いたいなら、そうしなさい」キリンはそう言うと、まつ毛を二回ぱちぱちさせました。

シュミット伯爵夫人《はくしゃくふじん》は、感動《かんどう》のため息《いき》をもらしました。

ノッポの視線《しせん》がリリのパパからボンサイへ、そしてミーアキャットへと向《む》けられました。「みんな、すごくちまちましてるわね。でも、はじることはないの。だれにだって、よくない部分《ぶぶん》はあるんだから」

「それは……そうだけど」リリはいくらか困惑《こんわく》しました。

「で、あなたたち、おチビさんが、ここでなにしてるの？」ノッポは愛想《あいそ》よくたずねました。

「わたしたち、ハクントゥという植物《しょくぶつ》をさがしてるの」リリは言いました。

「それはすてき」ノッポは答えました。

「わたしもいつも、さがしものをしてるのよ」

たとえば、首、とリリは考えてから言いました。「茶色い斑点《はんてん》のついた黄色い植物《しょくぶつ》なんだけど」

ノッポはしばらく考えてから言いました。「ああ……」

「知ってるの？」リリはたずねました。

「自分では見たことないけれど」ノッポは答えました。

「でも、その植物《しょくぶつ》のこと、聞いたことがある」

「ここらへんに生えてるの？」

「かもしれないわね。それとも、ただ、そこらへんにあるかもしれないし」

「どこに？」

「知らないわ」

「だれに聞けばわかる？」

「うーん……」ノッポは声を出しました。ノッポの視線《しせん》がイザヤからはなれません。「もしかしたら、その子？」キリンはイザヤをじっと見つめました。

「その植物《しょくぶつ》がどこにあるのか、知っていそうじゃない！　わたしがあなただったら、その子にきいてみるけど」キリンは満足《まんぞく》そうに体を起《お》こしました。「わからないことがあったら、このノッポにきいてちょうだい！」ノッポは言いました。

「いつでも喜《よろこ》んでお手伝《てつだ》いするわ」キリンは満《み》ちたりた表情《ひょうじょう》で、リリを見つめました。

「えーっと……ありがとう」

「いいのよ！」ノッポは大きな声で言いました。「いつでも、大歓迎《かんげい》！」こう言うと、キリンは大またで、はなれていきました。

すると、一匹《ぴき》のミーアキャットが言いました。「シャー」

ノッポはいきなり立ちどまりました。どちらの方角に行こうとしているのか、考えているようです。それからまつ毛を二回ぱちぱちさせると、あいかわらず木の葉《は》をむしゃむしゃ食べている仲間《なかま》のところへ、とことことかけていきました。

リリはあっけにとられてノッポを見送《みおく》りました。あのキリンは……変《か》わってる。

すると、声がしました。「ここにいたのか！」リリがふりかえると、アケーレとシャマカニがいました。

「車からはなれすぎですよ！」シャマカニは大きな声で言いました。

「勝手《かって》に車をおりるんじゃない！」アケーレはリリとイザヤをしかりました。そのとき、背後《はいご》のキリンの群《む》れに気がつきました。「おお」

シャマカニの顔もぱっと明るくなりました。

「キリンの群《む》れを見つけたんですね！」少しの間、シャマカニは顔をかがやかせました。けれども、リリとイザヤをひっぱりました。

「近づきすぎですよ。キリンはおとなしい動物《どうぶつ》ではありませんからね！　それに、野生動物《やせいどうぶつ》が人間に慣《な》れすぎないようにしなければなりません。車へもどりましょう。群《む》れの反対側《はんたいがわ》に車をまわします。そうしたら、ちょっとはなれたところで、車からも見られますよ」

「リリはもう、キリンと話をしたんだ」イザヤは説明《せつめい》しました。

「動物《どうぶつ》たちは、リリをぜったいにおそわないよ」

「もちろん、そうですね」シャマカニはほほえみました。けれども、イザヤの言《こと》葉《ば》をまったく信《しん》じていません。「さあ、車へもどりましょう」

こうして、みんなは車へもどらなければなりませんでした。シュミット伯爵夫人《はくしゃくふじん》はふくれっ面《つら》をし、きょうのうちに獅子《しし》のお方を表敬訪問《ひょうけいほうもん》できないなんて、底《そこ》なしのスキャンダルだ、と文句《もんく》を言いました。そこで、リリは、まだチャンスはあるかもしれない、と猫《ねこ》に伝《つた》えました。

シャマカニは、リリが猫《ねこ》に話しているのを見て、笑《わら》いました。家族《かぞく》みんなの遊《あそ》びと思っているようです。

そのとき、シャマカニは、リリと並《なら》んで走る三匹《びき》の小さなミーアキャットに気がつきました。その瞬間《しゅんかん》、シャマカニは目を見開《みひら》きました。

「なんだ……ミーアキャットがここでなにしてるんだ？」

イザヤが、にやりとしました。「リリの新しい友だちだよ」

これにはシャマカニもちょっぴりとまどっています。

「ミーアキャットは臆病《おくびょう》なのに。ふつうは人を追《お》いかけたりしません」

アケーレとリリのパパは、なにも聞こえていないふりをしています。ふたりとも、リリが動物《どうぶつ》と話せるとも、話せないとも言いたくないようです。

リリはただ、シャマカニの前をすぎ、茂《しげ》みの中をふみしめるように歩いていきました。

「ところで、ハクントゥは見つかったかい？」アケーレはパパにたずねました。

パパは、あきらめたように首をふりました。

車にもどってくると、リリはママの怒《いか》りのまなざしにむかえられました。ママはひとことも口をききません。そして、もう二度《ど》とリリの顔を見たくないかのように、ちがうほうを向《む》きました。

すると、おばあちゃんが言いました。

「だから言ったじゃないか。子どもたちは逃《に》げだすって」

シュミット伯爵夫人《はくしゃくふじん》とボンサイは、最後《さいご》に車に飛《と》びのりました。いっしょに歩いてきた三匹《びき》の小さなミーアキャットは、車の前でそわそわしています。車に飛《と》びのり、リリといっしょに行きたそうにしています。でも、この金属《きんぞく》のかたまり

を、うす気味悪《きみわる》く感《かん》じているのがわかります。そのとき、リリは思いつきました。三匹《びき》はおなかをすかせているのかもしれません。

同時に、シャマカニがエンジンをかけました。

ミーアキャットたちは驚《おどろ》いてあとずさりし、そのうちの一匹《ぴき》がさけびました。

「ダダー！」別《べつ》の一匹《ぴき》がかん高い声をあげました。

「ガタガタ！」そして、三匹《びき》目は急《いそ》いで逃《に》げていくと、残《のこ》りの二匹《ひき》もあとにつづきました。

シャマカニはそれに気づいて、ぼそりと言いました。「こんなに遠くまでついてくるなんて、ほんとうにへんだ」

「待《ま》って！」リリは迷《まよ》うことなく、ミーアキャットを呼《よ》びました。「この車は危《あぶ》なくないわよ！」

ミーアキャットは立ちどまりました。

シャマカニは、はっきりと聞きとれるほど大きな音をたてて、息《いき》をすいこみました。

「こっちへおいで！」リリは小さなミーアキャットに言いました。すると、ミーアキャットたちは、すぐに車の近くにもどってきました。

シャマカニは目を丸くして驚《おどろ》いています。「なんだ……」

おばあちゃんは、シャマカニのひどくうろたえた顔を、楽しそうに観察《かんさつ》しています。

「ねえ、カバンにピーナッツを入れてたよね？」リリはおばあちゃんにたずねました。

「ああ、そうだったね」おばあちゃんはまゆ毛をよせました。

「でも、これは自分で食べるつもりで持《も》ってきたんだけどね！」それから、おばあちゃんはほほえみ、ピーナッツの袋《ふくろ》をとりだし、リリにわたしました。

リリは車のドアの前にしゃがむと、ミーアキャットにピーナッツをあげました。

動物《どうぶつ》たちはぺろりと平《たい》らげてしまいました。

「ムシャムシャ！」一匹《ぴき》がキャッキャと声をあげました。
「ムシャムシャ、ムシャムシャ！」別《べつ》のミーアキャットが言いました。
とてもおいしかったようです。リリは三匹《びき》をなでました。
「この子たちを農場《のうじょう》に連《つ》れていってもいいかなあ？」リリは注意深《ちゅういぶか》くたずねました。

すると、ママがそくざに言いました。「だめよ！」

アケーレも反対《はんたい》しています。「この三匹《びき》が自力で生きのびられなくても、それは自然《しぜん》のなりゆきだから、どうしようもないんだよ。動物《どうぶつ》をいつもそんなふうに人間のようにあつかうことはできないんだ」

それに対《たい》してどう答えたらいいのか、リリにはわかりませんでした。そして、重苦《おもくる》しい気持《きも》ちで、ミーアキャットに「さようなら」と言いました。

「バイ！」

三匹《びき》はリリに大きな声で言うと、飛《と》びながら走っていきました。

リリは走りさる動物《どうぶつ》に手をふりました。けれども、なんとなくこの三匹《びき》にはまた会いそうな気がしていました。

シマウマ

しばらくの間、車はサバンナを走っていました。動物《どうぶつ》の姿《すがた》は見えません。リリはぼんやり考えごとをしています。ママは、いぜんとしてリリの顔を見ようとしません。車をこっそりぬけだしたのは、確《たし》かに大それた行動《こうどう》だったかもしれません。けれども、大した理由《りゆう》もないのに、動物《どうぶつ》と話すのを禁止《きんし》するなんて、不公平《ふこうへい》です。リリは、アフリカの動物《どうぶつ》たちに会えるのを、とても楽しみにしていたのに！

とつぜん、パパが言いました。「向《む》こうにシマウマがいる」

リリは体を起《お》こしました。「どこ？」

パパはシマウマの方向《ほうこう》をさしました。ほんとうです！　こしの高さほどの草原の中を、シマウマが一頭で歩いています。少しばかりきんちょうしているようです。なにものかに追《お》われているかのように、くりかえし、あたりを見ています。

リリは身《み》を乗《の》りだしました。車をおりて、シマウマのところへ行って、どうしたのか、たずねたいと思いました。

そのとき、パンっと破裂《はれつ》するような大きな音がひびきました。

リリは身《み》をすくめました。なんでしょうか。けれども、破裂音《はれつおん》よりもっと驚《おどろ》いたのは、車のうしろから聞こえたかん高いさけび声です。「バンバン、ドン！」

シャマカニがキーッと急《きゅう》ブレーキをかけて車を止めたので、リリは急《いそ》いで車の後部席《こうぶせき》に行って、外をのぞきました。そして、にっこり笑《わら》いました。車のバンパーの上に、三匹《びき》の小さなミーアキャットが身《み》をよせあってすわっています。あれからもどってきて、こっそり車に乗《の》っていたのです！

「ねえねえ！」一匹《ぴき》目がおどけたように鳴きました。

「もっと、ムシャムシャ？」二匹《ひき》目がたずねました。

「ムシャ、ムシャムシャムシャ！」三匹《びき》目が大きな声で言いました。

リリがミーアキャットに返事《へんじ》をしようとしたとき、車の前のほうで、みんなが大さわぎしているのに気がつきました。パパがさけびました。

「リリ、こっちを見るな！」

次《つぎ》の瞬間《しゅんかん》、ママがそばに来て、リリの目をかくしました。けれども、リリはママの手をどけました。どうしたのでしょうか。イザヤの顔を見ると、リリはひどく奇妙《きみょう》な気持《きも》ちになりました。イザヤが驚《おどろ》いてかたまっています。

ボンサイとシュミット伯爵夫人《はくしゃくふじん》は、びくびくしながら車のすみにかくれました。

「どうしたんだよ？」ボンサイはクンクン鼻《はな》を鳴らしました。

「なにがあったの？」リリも知ろうとしました。

すると、おばあちゃんが、シマウマを、というよりも、ついさっきまでシマウマが歩いていた草むらをさしました。リリが少しばかり体をのばすと、地面《じめん》に横《よこ》たわっているシマウマが見えました。身動《みうご》きしません。

リリのひざが、がくがくし始《はじ》めました。「すぐにおりないと！」リリはおののき、さけびました。「シマウマを助《たす》けてあげられるかもしれない！」

だれもなにも言いません。

リリにもわかりました。「まさか……今の音は……銃《じゅう》？」

沈黙《ちんもく》が恐《おそ》ろしく感《かん》じられます。ママは、今にも頭がおかしくなりそうに見えます。そして、いきなりまくしたてました。

「きょうは、狩《か》りはないって言ったじゃない」ママはアケーレにどなりました。

「きっと、ないだろう、と言っただけだ！」アケーレが答えました。

「今すぐに車をおりる！」リリは強い口調《くちょう》で言いました。

けれども、シャマカニはアクセルをふんで、走りだしました。

「止めて！」リリは声をあげました。

車はそのまま猛《もう》スピードで走りつづけました。

「手遅《ておく》れだ。どのみち、助《たす》けられないよ」アケーレは言いました。リリをあきらめさせようとしています。

けれども、リリは、これっぽっちもあきらめません。

「シマウマが撃《う》たれちゃったのよ！」リリはうったえました。

アケーレは、ためらいながらうなずきました。

ママはアケーレをにらみつけました。

「それなら、今、みんなに真実《しんじつ》を伝《つた》えましょうよ」

「真実《しんじつ》って、なんだい？」おばあちゃんは暗《くら》い声でたずねました。

「なにをかくしているんだよ」イザヤも知りたがっています。

「ずっと、ひみつにしていたんだろ！」

パパはひどく驚《おどろ》いた表情《ひょうじょう》で、ママを見つめました。パパも知らされていないようです。

ママの目になみだがにじんでいます。「アケーレが飛行機《ひこうき》の中で話してくれたのよ。到着《とうちゃく》まぎわになってから……」

「なにを話したの？」イザヤははげしくせまりました。

「わたしもぜひ知りたいね」おばあちゃんは胸《むね》の前で腕組《うでぐ》みしました。

「あんたたち、わたしらをだましていたのかね？」

リリはいやな予感《よかん》がしました。それも、とてもいやな予感《よかん》が。

「だましてなんかいない！」アケーレは弁解《べんかい》しました。「農場《のうじょう》についての真実《しんじつ》を、すべては話していないだけだ。でも、それにはきちんとした理由《りゆう》があるんだよ！」

ママは両手《りょうて》で顔をおおいました。

「まあ、こういうことだ……」みんなの視線《しせん》がアケーレに向《む》けられました。「農場《のうじょう》には何百頭もの牛がいる。けれども、これではじゅうぶんな収入《しゅうにゅう》が、えられない」

イザヤはお父さんの顔をさすような目で見つめました。

「言ってたよね。農場《のうじょう》は、観光客《かんこうきゃく》でかせいでいるって」

「そうだ。それも真実《しんじつ》だ！」アケーレは力をこめて言いました。

「ただし……特定《とくてい》の観光客《かんこうきゃく》で、だ」

そこで、リリのパパは真《ま》っ青《さお》になりました。そして、せわしなくメガネの位置《いち》を直しました。次《つぎ》になにが来るか感《かん》づいていました。リリもまったく同じです。

「われわれが知っている観光《かんこう》のサファリと本来のサファリには、一つちがいがあるんだ」アケーレは言いました。「観光《かんこう》のサファリでは、野生動物《やせいどうぶつ》を観察《かんさつ》し、写真《しゃしん》を撮《と》るだけだ。しかし、もう一つのサファリは……」

「動物《どうぶつ》たちを銃《じゅう》で撃《う》つ」リリは暗《くら》い声でつづきを言いました。

「そのためにわざわざやってくる観光客《かんこうきゃく》がいるんだ。一頭、あるいは何頭か、自分の手でしとめるために」アケーレはため息《いき》をつきました。「そういう、狩猟《しゅりょう》をスポーツとして楽しんでいる人たちのことを〝トロフィーハンター〟と呼《よ》ぶんだ。しとめた動物《どうぶつ》を記念品《きねんひん》、つまりトロフィーとして持《も》ちかえるからね」

リリは、ごくりとつばをのみこみました。

「その人たちは、そんなにお金をはらってくれるの？」イザヤは憎々《にくにく》しそうにたずねました。

「はい」シャマカニがちらりとふりかえって、答えました。

「ハンターたちはたいてい大金持《おおがねも》ちです。一頭の動物《どうぶつ》をしとめるために、ばく大なお金をはらうのを少しもいとわない人たちです」

おばあちゃんの唇《くちびる》がぎゅっと結《むす》ばれ、一本の線になりました。「で、そのことを知っていたのかね、レギーナ？」おばあちゃんはママにたずねました。

「きのう、はじめて知ったの。ほんとうよ！」ママは手をあげて誓《ちか》いました。

「リリがこのことを知ったら、心を痛《いた》めるのはわかっていたわ。だから、リリには知られないようにしたかったの。だから、サファリには行きたくなかったのよ！　動物《どうぶつ》をしとめる現場《げんば》にぶつかる危険《きけん》が大きすぎるから。そして、やっぱり、ほんとうに起《お》こってしまった。それも一日目に！」またもや、ママの目になみだがこみあげてきました。「リリ、ママはね、わたしたちにはどうにも変《か》えられないことから、あなたを守《まも》ってあげたかっただけなの」ママはゆるしをこうような目で娘《むすめ》を見つめました。「トロフィーハンティングは、わたしたちには止められないの。ここでくらしている人たちは、それで生活しているんだから！　でも、ママにはわかっているわ。あなたには受《う》けとめきれないだろうとね。だから、あなた

をサファリから遠ざけておきたかったの……」

「そうなんだ。わたしたちは、このことをきみたちが知る必要《ひつよう》はないと思っていたんだ」アケーレはママに賛成《さんせい》しました。

「知れば、怒《おこ》らせるだけだろうと予想《よそう》していたよ」

「つまり、ぼくたちはそのことで腹《はら》を立てるべきではない、ということなんだね」

イザヤはアケーレにつっかかりました。

「まさしく、そのとおりだ！」アケーレは返事《へんじ》をしました。

「狩猟《しゅりょう》は、ここでは生活の一部《ぶ》なんだ、イザヤ。そんなに敏感《びんかん》に反応《はんのう》するのはやめなさい。リリといつもいっしょにいて、動物《どうぶつ》と話しているせいで、おまえはひどく弱い人間になってしまった」

イザヤは無言《むごん》で父親を見つめました。

「もうたくさんだよ！」おばあちゃんが大声で言いました。

「わたしもそう思う」アケーレはおさえた声で答えました。

「シャマカニ、農場《のうじょう》へもどってくれ。すぐに」

シャマカニはだまって車の向《む》きを変《か》えると、帰途《きと》につきました。

車の中は、氷《こおり》のように冷《ひ》ややかな静寂《せいじゃく》に包《つつ》まれていました。リリの頭の中に、いくつもの考えがおしよせてきます。もちろん、狩人《かりゅうど》のような人がいるのは知っています。でも、動物《どうぶつ》が命《いのち》を失《うしな》う場面《ばめん》を実際《じっさい》に見るのは、聞いて知っているのと

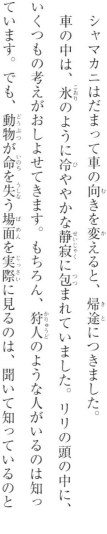

はまったくちがいます。体のふるえが止まりません。

パパはリリのとなりにすわり、娘《むすめ》をだきよせました。リリはパパに体をすりよせ、ママのすがるような視線《しせん》にどう応《こた》えればいいのかわかりませんでした。ママがかわいそうに見えます。けれども、ママの気持《きも》ちを受《う》けとめるには、リリには荷《に》が重《おも》すぎました。今はただ、ロッジにもどって、ベッドにもぐりこみたい一心でした。

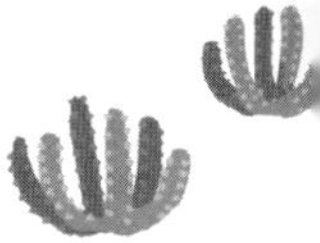

ハンター

「リリ！」犬の声が、頭までかぶっていたかけ布団《ぶとん》を通して聞こえてきます。

「リス野郎《やろう》がリリのものを投《な》げてるよ！」

リリは、布団《ふとん》から顔を出しました。棚《たな》のいちばん上の引き出しが開《あ》いています。二匹《ひき》のミーアキャットが、靴下《くつした》やほかの衣類《いるい》を部屋中《へやじゅう》に投《な》げつけています。三匹《びき》目は直立し、窓台《まどだい》の上から外を見張《みは》っています。

「ヒューッ！」一匹《ぴき》が投《な》げた靴下《くつした》がもう一匹《ぴき》に当たり、興奮《こうふん》しています。

「ビュン！」二匹《ひき》目は声をあげて、パンツをビュンビュンふりまわしました。すると、自分もその中に巻《ま》きこまれ、パンツが顔にひっかかって目をかくしてしまいました。「バー！　暗《くら》い！」

「リリ！」ボンサイがワンワンほえました。

「めちゃくちゃさわがしい連中《れんちゅう》だな！」

すると、一匹《ぴき》目のミーアキャットがボンサイの背中《せなか》に飛《と》んで、馬乗《の》りになりました。

「ボンサイ伯爵《はくしゃく》！」シュミット伯爵夫《はくしゃくふ》人《じん》は気どって歩いてくると、ニャアと鳴きました。「こちらの野蛮《やばん》な方たちに、からまれてますの？」

いずれにせよ犬の返事《へんじ》がわからない猫《ねこ》は、答えを待《ま》たずに、ボンサイの背《せ》中《なか》の上のミーアキャットに前足をふりおろし、はらいおとしました。

「さっ！」二匹《ひき》目のミーアキャットがかん高い声をあげて感心《かんしん》しています。

落《お》とされたミーアキャットも、こんなことではきげんを悪《わる》くしません。そして、

「ピョン！」とさけび、今度《こんど》は猫《ねこ》の背中《せなか》に飛《と》びのりました。

シュミット伯爵夫人《はくしゃくふじん》はぎょっとして、耳をふせました。

「ただちにおりてちょうだい。それとも、燃《も》えたぎる怒《いか》りの嵐《あらし》を――」

そこで、リリがどなりました。「みんな、おとなしくしなさい！」動物《どうぶつ》たちはすぐに静《しず》かになりました。「仲《なか》よくして！ そうしないと、ほかの方法《ほうほう》を考えなければならないでしょ」リリはため息《いき》をつきました。

リリはミーアキャットをだまって自分の部屋《へや》に連《つ》れてきてしまったのです。サファリツアーからもどったとき、連《つ》れていってもいいか、ききもしませんでした。それに、ミーアキャットがリリについてきても、だれも注意《ちゅうい》しませんでした。きっと、シマウマのできごとで、リリをいたわってあげたかったからでしょう。

イザヤは部屋《へや》に入ってくると、リリのそばにこしかけました。

「調子《ちょうし》はどう？」

「悪《わる》い」リリは小声で答えました。

そこへ、テラスに出ていたミーアキャットがもどってきました。大きなムカデをくわえています。

「ムシャムシャ！」ミーアキャットはほこらしげに伝《つた》えました。

「すごいムシャムシャ！」それから、おいしそうにムカデを食べ始《はじ》めました。すぐに二匹《ひき》目がやってきて、いっしょになってかじりました。

リリは目を向《む》けられませんでした。生《い》き物《もの》が食べられているのを見るのがつらいからです。

「ねえ」イザヤはリリに言いました。「ちびっ子たちに名前をつけたらどう？」

イザヤは、ミーアキャットが虫を食べる音を聞かなくてもすむように、リリの気をそらそうとしているのでしょう。

リリもほかのことを考えたいと思いました。

「それはいいわね。どんな名前にする？」

イザヤは頭のうしろをかきました。「そうだなあ、よくわからないんだけど……この中の一匹《ぴき》が、交代《こうたい》で見張《みは》りをしているみたい。だれがするのか、きっと、ジャンケンで決《き》めるんだよ。だから、グー、チョキ、パーはどう?」

イザヤの言葉《ことば》に、リリはクスクス笑《わら》いだしました。こんなにすぐに笑《わら》えるようになるとは思いませんでした。自然《しぜん》と笑《わら》ってしまったのです。すると、窓台《まどだい》のサボテンが成長《せいちょう》し、見張《みは》り番のミーアキャットがかん高い声をあげました。

「ニョキニョキ!」

笑《わら》うと気持《きも》ちが楽になります。「グー、チョキ、パーって最高《さいこう》のネーミング」

リリはイザヤを見つめて、言いました。「ありがとう、ここにいてくれて」

「どういたしまして」イザヤは答えると、リリの手をぎゅっとにぎりました。そして、しばらくしてから、小さな声で言いたしました。

「ナミビアは、なにもかもが思っていたより複雑《ふくざつ》だよ」

リリには、イザヤの気持《きも》ちがよくわかりました。そこへ、片方《かたほう》の靴下《くつした》が飛《と》んで

きて、頭にポカンと当たりました。

夕方、リリとイザヤは本館《ほんかん》に向《む》かってぶらぶら歩いていました。そこで夕食をとるために、みんなで集《あつ》まることになっています。グーとチョキとパーは少し前に、ベッドの下でかたまって、丸くなって寝《ね》てしまいました。ミーアキャットたちの静《しず》かな寝息《ねいき》を聞くと、リリは自分がいなくてもだいじょうぶだとわかりました。それに、ボンサイとシュミット伯爵夫人《はくしゃくふじん》が部屋《へや》にとどまり、ミーアキャットのようすを見ていると、言ってくれました。

リリとイザヤが食堂《しょくどう》に入ると、リリの家族《かぞく》はもうテーブルについていました。ふたりはみんなといっしょに席《せき》につきました。

パパは娘《むすめ》を注意深《ちゅういぶか》く見つめています。「リリ、気分はよくなったかい」

「わからない」リリは答えました。

ママはしゅんとしています。

パパはほほえんで、たずねました。「なあ、あれから、おばあちゃんがなにをしたと思う？　うさ晴《ば》らしに、長い柵《さく》を修理《しゅうり》しちゃったんだ」

「働《はたら》いているときが、いちばん気持《きも》ちがしずまるんだよ」おばあちゃんは説明《せつめい》しました。「あれなら、すわりながらできたからね」おばあちゃんの松葉《まつば》づえが、またもや壁《かべ》に立てかけてあります。

パパはにっこりしました。「そこへ、この農場《のうじょう》の支配人《しはいにん》、ミスター・マゴロがやってきたんだ。とても感動《かんどう》して、おばあちゃんにお礼《れい》まで言ってくれたよ」

すると、おばあちゃんは顔をしかめました。「でもね、そのとき気がついたんだよ。シマウマ事件《じけん》はすべてあの人のせいなのに、そんな人に親切なことをしてしまったって」おばあちゃんは息《いき》をはずませて言いました。「だから、そのあと柵《さく》の杭《くい》をぜんぶピンクにぬってやったのさ。うすむらさきの水玉もようつきで」

パパは笑《わら》いをこらえながら言いました。

「ミスター・マゴロはピンクの杭《くい》を見て、ひどく怒《おこ》ってたよ。ここの施設《しせつ》は、全体の色を茶色とベージュで統一《とういつ》しているからね……」

リリも、にやりとしてしまいました。「そうか、そういうことね。今わかった。シュミット伯爵夫人《はくしゃくふじん》がなにを言っていたのか。散歩《さんぽ》からもどってきたら、夢中《むちゅう》になって言ってたの、新しい、最高《さいこう》の芸術《げいじゅつ》だって」

おばあちゃんは笑《わら》いました。「そうなんだよ。猫《ねこ》は目を丸くしていたよ。ボンサイもすぐに柵《さく》で遊《あそ》びだしたしね。それで、わかったんだよ。うまくできたって」

「やあ、みんな！」アケーレはあいさつすると、テーブルにつきました。同時に、マチルデおばあさんがテーブルに近づいてきました。ビーフステーキののった大きなお皿《さら》を片手《かたて》に、バランスをとりながら歩いています。「みなさん、おなかすいたでしょ？」おばあさんはお皿《さら》をテーブルの真《ま》ん中《なか》におきました。それから、若《わか》い男の人が野菜《やさい》とジャガイモの入った器《うつわ》をその横《よこ》におきました。

「これはおいしそうだ！」パパはさっそく焼《や》きたての肉を一切れとりました。

「さあ、めしあがれ！」マチルデおばあさんはやさしい笑顔《えがお》で言うと、キッチンにもどっていきました。

みんなはステーキに手をのばしましたが、リリはジャガイモをとりました。食《しょく》事《じ》の間は、だれもあまり口をききませんでした。シマウマの一件《けん》が尾《お》をひき、どんよりとした曇《くも》り空のように、重《おも》い空気がただよっています。

食事《しょくじ》がすんだところで、ソロモンおじいさんがやってきて、テーブルにつきました。リリは、イザヤのおじいさんのことを、まだ、あまりよく知りません。それでも、おじいさんが好《す》きでした。おじいさんの目元には、たくさんの笑《わら》いじわがあり、ほほえむと、イザヤとてても似《に》ているのがわかります。

「アケーレから、きょうのことを聞いたよ」ソロモンは、すぐに要点《ようてん》を切りだしました。ようやく、そのことを話してくれる人があらわれて、リリはほっとしました。「狩猟《しゅりょう》がある日はサファリツアーはしないよう、いつもはしっかり気をつけているんだよ」ソロモンは言いました。

「でも、残念《ざんねん》ながら、ハンターの思いつきで、狩《か》りの日が一日早まってしまったんだ。あのような光景《こうけい》を目撃《もくげき》させてしまって、ほんとうにすまなかった」

イザヤはだまって自分の皿《さら》を見つめました。リリのパパとママも、なんと返事《へんじ》をしてよいのやら、困《こま》っています。

すると、リリのおばあちゃんが、ソロモンの目をまっすぐに見つめてたずねました。「ということは、ここでは定期的《ていきてき》に、大型《おおがた》の野生動物《やせいどうぶつ》の狩《か》りがおこなわれているんだね？　商売《しょうばい》として？」

ママは、椅子《いす》の上でむずむず動《うご》きながら、おろおろしています。けれども、ソロモンは落《お》ちつきはらって首をたてにふりました。

「そういうことですな。みんなが狩《か》りを気に入らないのもよくわかる。でも、トロフィーハンティングのことをほとんど知らないからじゃないかな？」

パパはうなずきました。「どこかで記事《きじ》を読んだことがあるだけで……」

「父さん、説明《せつめい》してあげてよ」アケーレはソロモンにたのみました。

ソロモンは身《み》を乗《の》りだしました。ソロモンにとって、このテーマはとても大切なことのようです。「きょう、きみたちがツアーで走ったところは、すべて農場《のうじょう》の土地なんだ。この地域《ちいき》では、何人かの農場所有者《のうじょうしょゆうしゃ》が手を組んで、共同《きょうどう》で事業《じぎょう》をしているんだよ。そうすることで、柵《さく》がほとんどない広大な土地を、野生動物《やせいどうぶつ》が自由《じゆう》に歩きまわれるようになるんだ」ソロモンは説明《せつめい》しました。「わたしたちは、この土地を畑《はたけ》に変《か》えるつもりはない。居住地《きょじゅうち》を作ることもゆるさない。サバンナを、野生動物《やせいどうぶつ》のために残《のこ》したいんだ。動物《どうぶつ》たちがふつうにくらせるようにね」

ソロモンの目がイザヤに向《む》けられました。「わたしらにとって重要《じゅうよう》なのは、自《し》然《ぜん》のパラダイスがこのまま保《たも》たれることなんだよ」

イザヤは肩《かた》を落《お》として、あいかわらず皿《さら》を見つめています。

「トロフィーハンティングは、土地をほかのことに利用《りよう》されないようにするために、じゅうぶんなお金がえられる、たった一つの方法《ほうほう》なんだ」ソロモンは話しつづけました。「別《べつ》の言い方をすれば、狩猟《しゅりょう》でしか、今の自然《しぜん》な姿《すがた》のサバンナを保《たも》てない、ということだ。そのために、いくらかの動物《どうぶつ》たちの命《いのち》がぎせいになる。けれども、ほかの動物《どうぶつ》たちは、はるかによいくらしができる。そればかりか、ト

ロフィーハンティングによって、ここナミビアでは、絶滅《ぜつめつ》の危機《きき》にさらされている動物《どうぶつ》の種類《しゅるい》が少なくなったんだよ！」

リリは驚《おどろ》いて、ソロモンの話に聞きいっていました。ソロモンの説明《せつめい》は、思いもよらず、筋《すじ》が通っているように聞こえます。けれども、死《し》んだシマウマのことを思うと、リリは心の中で悲鳴《ひめい》をあげました。

ソロモンはつづけました。「計画もなく、ただ撃《う》ちまくっているわけではないんだ。ナミビアには狩猟《しゅりょう》に関《かん》するきびしい法律《ほうりつ》がたくさんある。狩猟《しゅりょう》がおこなわれるたびに許可《きょか》がいる。つまり、どの動物《どうぶつ》をしとめてもいいか、前もってしっかり考えているということだ。たいていは、いずれにしても長くは生きられないであろう年老《としお》いた動物《どうぶつ》だ」

想像《そうぞう》すると、リリは胸《むね》が苦《くる》しくなりました。どの動物《どうぶつ》が生きて、どの動物《どうぶつ》が死《し》ぬかを決定《けってい》する場面《ばめん》など、まったく想像《そうぞう》できません。

ソロモンの話に、おばあちゃんはがまんできなくなったらしく、口をはさみました。「年老《としお》いた動物《どうぶつ》には経験《けいけん》があるじゃないか！　どの群《む》れにも経験豊《けいけんゆた》かな動《どう》物《ぶつ》がいるのは、だいじなことじゃないんですかね」

　パパもうなずいています。

　すると、アケーレが言いました。「リーダー格《かく》の強い動物《どうぶつ》よりも、年老《としお》いた動《どう》物《ぶつ》を撃《う》つほうがいいんだよ」

　そこで、リリは思いきってたずねました。「だいたい、どうして撃《う》たなければならないの？」

　ソロモンはリリを見つめました。リリがまだわかってくれていないので、とても残念《ざんねん》そうです。「一頭撃《う》たせるだけで、農場《のうじょう》にものすごくたくさんのお金が入るんだ。そのお金は、協力《きょうりょく》しあっている地域《ちいき》の農場《のうじょう》でわけあうんだよ。つまり、地域全体《ちいきぜんたい》が、トロフィーハンティングから、なにかしら、えているということなんだ。えられたお金は、ふたたび野生動物《やせいどうぶつ》と動物《どうぶつ》たちの生活空間を守《まも》るために使《つか》われていくんだよ」

「それはまちがいないんですか？　ほんとうに、正式《せいしき》に許可《きょか》された動物《どうぶつ》だけしかしとめられていないんですか？」パパはうたがっています。

ソロモンはうなずきました。「もちろん、密猟者《みつりょうしゃ》もいる。だが、一般的《いっぱんてき》には、ナミビアの野生動物《やせいどうぶつ》の狩猟《しゅりょう》はひじょうにきびしく規制《きせい》されていて、基準《きじゅん》にそって進《すす》められている。ここでは、みんながきちんと規則《きそく》を守《まも》っているんだよ」

リリは心から驚《おどろ》きました。すべてが、賢《かしこ》く、計画されているように聞こえます。けれども、リリには、やはりどうしても理解《りかい》できません。動物《どうぶつ》を殺《ころ》す許可《きょか》をもらうのに、どうしてそんなに大金をはらう人がいるのでしょうか。

規則《きそく》や法律《ほうりつ》は、動物《どうぶつ》を撃《う》つために、なにかしらの理由《りゆう》をつけて許可《きょか》しているのでしょうが、奇妙《きみょう》で理解《りかい》に苦《くる》しみます。それに動物《どうぶつ》を撃《う》つのを楽しむ人がいるのは、もっと理解《りかい》できません。

おばあちゃんの考えも、リリと同じ方向《ほうこう》に向《む》いています。

「ハンターは、動物《どうぶつ》を殺《ころ》して、なにがえられるのかね」

ソロモンは頭のうしろをかきました。これには、ソロモンにも答えがわかりません。

すると、イザヤは姿勢《しせい》を正して、たずねました。

「ハンターは、死《し》んだシマウマといっしょに写真《しゃしん》を撮《と》って、インターネットで見せびらかしたいんじゃないの？」

これを聞いて、リリは身《み》ぶるいしました。動物《どうぶつ》の命《いのち》よりも写真《しゃしん》のほうが価値《かち》あることなどありません。

ソロモンは肩《かた》をすくめました。「わたしにも、わからないよ」

「失礼《しつれい》します」と、とつぜん、となりのテーブルの男性《だんせい》が、ふりかえって言いました。

「みなさんのお話をとなりで聞《き》いていたのですが。自己紹介《じこしょうかい》します。シュトルツベルガーともうします」男の人は立ちあがり、ていねいに頭をさげました。

「わたしがさきほどシマウマを撃《う》ったハンターです」

パパとママとおばあちゃんは、あっけにとられて男の人を見ています。

リリには信《しん》じられませんでした。この人がトロフィーハンターでしょうか？ リリは、人相《にんそう》の悪《わる》そうな男の人を想像《そうぞう》していました。けれども、シュトルツベルガーさんは、ごくふつうの人に見えます。

シュトルツベルガーさんは、まゆ毛を高くあげました。

「あの、みなさんの考え方に、わたしはちょっぴり驚《おどろ》いているんです」

「本気でそんなことを言ってるんじゃないでしょうね」おばあちゃんは暗《くら》い声で言いかえしました。「動物《どうぶつ》を殺《ころ》すことに反対《はんたい》するのが、おかしいとでも？」

シュトルツベルガーさんのまゆ毛がさらに高くあがりました。「牛よりも、シマウマを殺《ころ》すほうが、ほんとうに、そんなにひどいことでしょうか？」シュトルツベルガーさんは、おばあちゃんのお皿《さら》の上に残《のこ》された、ステーキの小さなかたまりを見てたずねました。

そう言われて、おばあちゃんは、だれが見てもわかるほど驚《おどろ》きましたが、すぐに落《お》ちつきをとりもどしました。「それとこれは別《べつ》ですよ。比《くら》べものになりません！」おばあちゃんは答えました。

「シマウマは、牛よりもはるかにめずらしい動物《どうぶつ》じゃないですか」

シュトルツベルガーさんは、おばあちゃんの意見《いけん》をばかばかしいと思っているかのように、口元をゆがめました。シュトルツベルガーさんは、自分の意見《いけん》を変《か》えません。「みなさんが今夜めしあがったステーキだって、動物《どうぶつ》がぎせいになっているじゃないですか。でも、牛の死《し》をいたんで、泣《な》く人はいませんよね」

おばあちゃんは、ハンターに怒《いか》りのまなざしを向《む》けました。けれども、なんと言いかえせばいいのかわかりません。

シュトルツベルガーさんは話をつづけました。

「ドイツでは、毎年何百万もの牛や豚《ぶた》や鳥が殺《ころ》され、ソーセージやカツレツにされています。それらの動物《どうぶつ》たちがどのように死《し》んでいるのか、人々は聞かされていません。そのため、それほどひどいことだとは思わないんですよ」

パパとママはだまりこくっています。いつもなら頭の切れのいいおばあちゃん

も、口を開《あ》けたものの、とじてしまいました。
シュトルツベルガーさんの表情《ひょうじょう》は、自信《じしん》たっぷりに見えます。
「あのシマウマは、わたしが判断《はんだん》するかぎり、とても幸《しあわ》せな一生を送《おく》りました。そして、すばやく、ひどく苦《くる》しむことなく死《し》んだのです」シュトルツベルガーさんは確《かく》認《にん》するように言いました。「ドイツの食卓《しょくたく》に並《なら》ぶすべての動物《どうぶつ》たちにも、このような生活条件《じょうけん》が当てはまるかというと、おそらく、そうではないでしょう」
パパはメガネをはずし、一生懸命《いっしょうけんめい》に目をこすっています。ママもひどく居心地《いごこち》が悪《わる》そうです。このテーマについて、パパもママも、リリとなんども話しあったことがありました。

すると、ソロモンが言いました。「わたしは、親からこう教えられました。肉を食べるときはいつでも、ぎせいになってくれた動物《どうぶつ》に心の中で感謝《かんしゃ》するようにと。このことは、きみにも教えたはずだよ、アケーレ……」

アケーレは父親の視線《しせん》をかわしました。

リリは、ハンターにききたいことがありました。それはとても重要《じゅうよう》なことだったので、思いきってシュトルツベルガーさんに話しかけてみました。

「でも、ここの狩《か》りは、食べるためにするものではありませんよね？　動物《どうぶつ》を殺《ころ》すのをすばらしいと思っているんですよね？」

「それでは、わたしが残忍《ざんにん》な人間だと思われるじゃないか！」シュトルツベルガーさんは、とげとげしく返事《へんじ》をしました。「狩猟《しゅりょう》はスポーツだよ」

「スポーツだって？」イザヤが急《きゅう》に怒《おこ》りだしました。

「こんなの、スポーツとはまったく関係《かんけい》ないじゃないですか！」

「ハンティングでは、たいてい、まず動物《どうぶつ》を見つけだして、追《お》いかけなければな

らないんだ」シュトルツベルガーさんは鼻息《はないき》を荒《あら》く立てて言いかえしました。しだいに腹《はら》が立ってきたようです。

「わたしはこれを、れっきとしたスポーツ競技《きょうぎ》だと思っている」

そこで、ソロモンおじいさんはその場をしずめようとしました。

「みんな、落《お》ちつこうではないか。狩猟《しゅりょう》は――」

ソロモンがつづきを話すよりも先に、イザヤがハンターにたずねました。

「写真《しゃしん》、撮《と》りました?」

シュトルツベルガーさんの目が細くなりました。

「死《し》んだシマウマの上に片足《かたあし》のせて、カメラに向《む》かって、自慢《じまん》げに笑《わら》ってたんですよね?」イザヤはたずねました。

ハンターはほおを紅潮《こうちょう》させました。「もちろん、写真《しゃしん》は撮《と》ったさ」ハンターはなんとか怒《いか》りをこらえています。「動物《どうぶつ》に敬意《けいい》をあらわすためにね! 写真《しゃしん》を通して、動物《どうぶつ》がわすれられないように」

「ばかばかしい！」おばあちゃんが大声をあげたので、ママはあわてておばあちゃんの腕《うで》に手をおきました。けれども、おばあちゃんはやめません。

「その写真《しゃしん》で自慢《じまん》したかっただけだろうに！」

そこで、ソロモンおじいさんが勢《いきお》いよく立ちあがり、両手《りょうて》をあげました。

「もうやめましょう。わたしたちは――」

シュトルツベルガーさんはソロモンおじいさんをさえぎり、リリのおばあちゃんを指《ゆび》でさしました。「あなたは、わたしが人でなしで、動物《どうぶつ》に敵意《てきい》をいだいているようなことをおっしゃいますが、無礼《ぶれい》ではありませんか！」シュトルツベルガーさんは毒《どく》づきました。「わたしが狩《か》りのためにはらったお金で、けっきょくは、サバンナが救《すく》われるのです！」

おばあちゃんは攻撃《こうげき》しかえしました。「トロフィーハンティングはサバンナにお金をもたらすだけで、正しいおこないからはほど遠いね！」

シュトルツベルガーさんは高飛車《たかびしゃ》に笑《わら》いとばすと、怒《いか》りをこめて言いました。

「なにが正しくて、なにがまちがっているか、よくご存知《ぞんじ》のような言い方をされますな。で、あなたは、自然《しぜん》を守《まも》るために、なにをなさったんです？　なんにもしてないじゃないですか。あなたがしたことといえば、柵《さく》の杭《くい》をピンクにぬって、客《きゃく》をまごつかせ、農場《のうじょう》のためにならないことだけじゃないですか」シュトルツベルガーさんはあごをつきだしました。「トロフィーハンティングは自然《しぜん》と動物《どうぶつ》にとってはいいことなんですよ。以上《いじょう》！」

リリはぼそりと言いました。「きょう死《し》んだシマウマにとってはいいことじゃないけど」

すると、アケーレが言いました。「リリ、きみは動物《どうぶつ》を不自然《ふしぜん》に見すぎていると思うよ。動物《どうぶつ》は人間ではないんだ！」

ちょうどそのとき、ソロモンおじいさんが言いました。

「ミスター・マゴロがいらした。施設《しせつ》の支配人《しはいにん》だ」

中年の男性《だんせい》が、みんなのテーブルを目ざしてやってきます。口はへの字に曲《ま》がり、髪《かみ》はオールバックにしています。ものごとを自分で決定《けってい》するのに慣《な》れた人のように見えます。男の人はテーブルまでやってくると、暗《くら》い目つきでおばあちゃんを見て、冷《ひ》ややかに言いました。「杭《くい》は弁償《べんしょう》してもらいますよ。あんなけばけばしいピンクにぬるなんて、器物損壊《きぶつそんかい》の罪《つみ》ですよ」

おばあちゃんは返事《へんじ》をする代《か》わりに、胸《むね》の前で腕組《うでぐ》みしました。

ミスター・マゴロはぎこちなく一同を見まわしました。「ここでの滞在《たいざい》をお楽しみください」男の人は短《みじか》く言うと、それから、シュトルツベルガーさんのほうに向《む》きました。「おや、ここでお会いできるとは、うれしいですな！」とたんに

ミスター・マゴロの声が明るく、仲間《なかま》に話しかけているようになりました。

「聞きましたよ。きょうは、なにもかも、すばらしくうまくいったそうで」支配《しはい》人《にん》はシュトルツベルガーさんと力強く握手《あくしゅ》しました。それから、少しばかり脇《わき》へひっぱり、ひきつづき、小声で話しています。

ソロモンおじいさんはほっと息《いき》を吐《は》きだしました。農場《のうじょう》に大金をもたらしてく

れるハンターを怒《おこ》らせてしまい、心配《しんぱい》していたのでしょう。

「これは……びみょうなテーマなのよ」ママは言いました。

ソロモンはうなずきました。「そうなんだ。ここでくらすわれわれにとってはとても重要《じゅうよう》なんだよ」ソロモンは用心深《ぶか》くイザヤの肩《かた》に手をおきました。「イザヤ、わたしは願《ねが》っているよ。きみがもう一度《ど》、狩猟《しゅりょう》についてよく考えてくれることを」

リリは立ちあがりました。「わたし、トイレに行ってくる」リリはそう言うと、椅子《いす》をテーブルにしまいました。ほんとうはトイレに行く必要《ひつよう》はありません。ミスター・マゴロとシュトルツベルガーさんがなにを話しているのか、知りたかったのです。リリは足どりをゆるめて、ふたりのうしろをゆっくり通りすぎました。

すると、ふたりの会話が聞こえてきました。

「あしたの分も、すでに許可《きょか》をとってありますよ」ちょうど、ミスター・マゴロが説明《せつめい》しています。「群《む》れの中でもっとも年をとったキリンに許可《きょか》がおりています。どの個体《こたい》か、かんたんに見わけがつきますよ。グループの中でいちばん大きな動物《どうぶつ》だと聞いています」

リリは凍《こお》りつきました。ノッポ！　ノッポのことを話しています！

「すばらしい」シュトルツベルガーさんは答えました。

「あしたも、きょうのようにうまくいくといいのですが」

「心配《しんぱい》いりませんよ！　成功《せいこう》しますよ、必《かなら》ず！」ミスター・マゴロは笑《わら》いながら、シュトルツベルガーさんの肩《かた》をたたきました。

「それに、ひじょうにめずらしい特別《とくべつ》なサプライズもご用意《ようい》しました」

リリは前へ進《すす》まなければなりませんでした。恐怖《きょうふ》のせいで足がかたまっているように感《かん》じました。でも、足どりはどんどん速《はや》くなりました。そして、トイレに逃《に》げこみました。自分が泣《な》いているのに気がついたからです。大《おお》つぶのなみだがほおを伝《つた》いおちます。リリは便座《べんざ》のふたの上にドサッとこしをおろしました。ただただ、理解《りかい》できません。よりによってノッポが選《えら》ばれてしまうとは！　なみだのつぶが、リリの鼻先《はなさき》から床《ゆか》にぽたぽた落《お》ちました。リリはなみだが残《のこ》した暗《くら》い

シミを見つめました。アケーレに言われたように、リリは自分の能力《のうりょく》のせいで、ほんとうに、動物《どうぶつ》たちを不自然《ふしぜん》に、特別《とくべつ》な目で見てしまうのでしょうか？

リリは腕《うで》で目をふきました。そうじゃない。どんな動物《どうぶつ》にだって、それぞれ個《こ》性《せい》がある。人間がひとりひとりちがうのと同じように、どの動物《どうぶつ》にも感情《かんじょう》があり、喜《よろこ》んだり、怒《おこ》ったり、怖《こわ》がったりするのです。どの動物《どうぶつ》も特別《とくべつ》です。ひとりの人間よりも、動物《どうぶつ》のほうが特別《とくべつ》でないということはありません。

「リリ？」外から声がします。

「イザヤ？」リリはトイレのドアをおして、外のようすをうかがいました。

「トイレでなにしてるの？」リリはかすかに声をふるわせながらたずねました。

イザヤが近づいてきました。「泣《な》いてるの？」

リリは目をそらしました。

すると、イザヤはリリをだきしめました。悲《かな》しみと、同時に、感謝《かんしゃ》の気持《きも》ちのこもったため息《いき》が、リリの口からもれました。イザヤはさらに力をこめてだきしめました。こうすることで、いつもリリの味方《みかた》だよ、と約束《やくそく》しているかのように。

リリは目をとじて、親友にしがみつきました。イザヤは身動《みうご》きせずに、その場でリリが落《お》ちつくのを待《ま》ちつづけました。しばらくすると、リリのなみだもかれ、絶望感《ぜつぼうかん》も少しばかりやわらいできました。

そして、リリはイザヤからはなれ、ふたたび、

ふつうに話せるようになりました。話さなければなりません。それも、急《いそ》いで。

「たった今、聞いちゃったの。マゴロとシュトルツベルガーが、次にどの動物《どうぶつ》を撃《う》つか、話していたの」

イザヤの表情《ひょうじょう》がさっと曇《くも》りました。「どの動物《どうぶつ》？」

「ノッポ」

イザヤは勢《いきお》いよく息《いき》をすいこみました。「うそだ！　そんなことがあるはずない！　ソロモンおじいさんが言ってたじゃないか。撃《う》つのはいちばん年をとった動物《どうぶつ》だって。群《む》れの中にもっと年をとったキリンもいたじゃないか！」

「そう、わたしも見た」

心をかきみだされたイザヤは、頭のうしろをかきながら考えました。

「ノッポはグループの中でもっとも体が大きなキリンだ。もっとも美《うつく》しい記念《きねん》物《ぶつ》、トロフィーというわけか」

リリも考えました。きっと、イザヤの言うとおりです。「ということは、いつもきびしく規則《きそく》が守《まも》られているわけではない、ということね……」リリはごくりとつばをのみこみました。「それだけじゃないの。マゴロはこんなことも言ってた。シュトルツベルガーに、めずらしい特別《とくべつ》なサプライズを用意《ようい》したって。これって……悪《わる》いことのような気がする」

イザヤはひたいに深《ふか》いしわをよせました。「そうだよ、ものすごく悪《わる》いことだ」

「ノッポに知らせてあげないと」リリは言いました。強い決意《けつい》に満《み》ちた声に、自分でも驚《おどろ》きました。リリのほおは、まだ、なみだでしめっています。けれども、今、決意《けつい》しました。そして、その気持《きも》ちはだれにも変《か》えられないでしょう。

「農場《のうじょう》がそれでかせげるかどうかなんて、どうでもいい。ノッポが撃《う》たれるのをゆるすわけにはいかない」

「ぼくもそう思うよ」イザヤはすぐに賛成《さんせい》しました。

「ノッポに教えてあげるんだ。東に向《む》かって走れって。エトーシャ・パン湿地《しっち》の方向《ほうこう》だ。農場《のうじょう》の敷地《しきち》を出て、国立公園に入ってしまえば安全《あんぜん》だ」

リリはうなずくと、考えこみました。

「でも、シュトルツベルガーとマゴロには、まったく気に入らないだろうな」

「そうだね。この件《けん》では、おとなたちはぼくたちとちがう考えを持《も》っているからね」

「ノッポをさがしに行くなんて、ぜったいゆるしてくれない。おばあちゃん以外《いがい》はみんな言うだろうな、ノッポのことは、どうすることもできないって」

「きみのおばあちゃんなら、ぼくたちの仲間《なかま》に入って、ノッポさがしにも協力《きょうりょく》してくれるよ。でも今は、聞く必要《ひつよう》もないよ。足をけがしているから、遠くまで行けない」

リリはイザヤをじっと見つめました。

「だから、今夜、農場《のうじょう》をこっそりぬけださなければならないの」

イザヤの顔に、かすかなほほえみがうかびました。本気になるといつも見せる笑顔《えがお》です。「ぼくも行くよ」

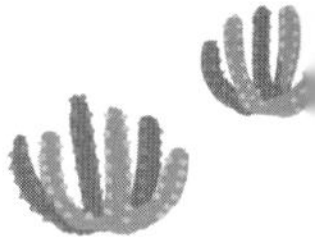

夜のサバンナ

「リリ！」ボンサイがウォッとほえました。「どうして、こんな時間に散歩《さんぽ》に行くのさ。外はもう真《ま》っ暗《くら》じゃないか。いつもは明るいときに行くのに！　それに、すごくびくついている。めちゃくちゃへん。ぜんぶへん！」

「あとで説明《せつめい》するから」リリはリュックサックを背負《せお》うと、犬と、ふしぎそうな表情《ひょうじょう》で目の前にすわっている猫《ねこ》の貴婦人《きふじん》に言いました。

「お好《す》きなように」シュミット伯爵夫人《はくしゃくふじん》はわざとらしく立ちあがりました。

「なにをなさるのか、想像《そうぞう》はついてますけど。サバンナの王《おう》さまと約束《やくそく》があるのではございませんこと？」

「それはありません」リリは猫《ねこ》をがっかりさせてしまいました。

猫《ねこ》ははっとしたような表情《ひょうじょう》をし、それから、にやりと笑《わら》いました。

「あら。サプライズをだいなしにしたくないから、そうおっしゃってるのね」

リリは息《いき》を吐《は》きだすと、イザヤにたずねました。「準備《じゅんび》は？」

「準備《じゅんび》、オーケー」ふたりのリュックサックには、バターをぬったパン、水筒《すいとう》、それに、イザヤがソロモンおじいさんのオフィスから持《も》ちだした懐中電灯《かいちゅうでんとう》が二つ入っています。それと方位磁石《ほういじしゃく》も持《も》ってきました。

「ピョン！」ミーアキャットの一匹《ぴき》――リリの目にまちがいなければチョキ――が大きな声で言うと、リリのスニーカーを飛《と》びこえ、それからもどってきました。

その間、パーは窓台《まどだい》の上に立って見張《みは》りをしています。

グーは眠《ねむ》そうにベッドの下からはいだしてきました。「ファー！」グーは小さな声をあげて目をこすりました。

「これからサバンナに遠足よ」リリは動物《どうぶつ》たちに説明《せつめい》しました。

「ふ、ふ、ふ」シュミット伯爵夫人《はくしゃくふじん》は、うれしそうに笑《わら》いました。

「それじゃあ、出発《しゅっぱつ》だい！」ボンサイはウォッとほえると、小走りで先頭を進《すす》んでいきました。

ミーアキャットたちは、犬につづきました。「ビュン！」

リリとイザヤは顔を見合わせ、うなずきました。そして、足音をたてないように、静《しず》かにロッジを出て、ランプのともった木の橋《はし》をわたり、本館《ほんかん》の前を通って表《おもて》の通りに向《む》かいました。通りに出ると、リリはほっと息《いき》を吐《は》きだしました。運《うん》のいいことに、だれにも見つかりませんでした。けれども、もっともむずかしい課題《かだい》は、これからです。キリンのノッポを見つけださなければなりません。そう、なにがなんでも、さがしださなければならないのです。見つけられないと、あした、キリンは命《いのち》を失《うしな》うことになるでしょう。

空にはたくさんの星が見え、月が明るくかがやいています。そよ風が、大地をなでるようにふいています。でも、寒《さむ》くありません。幸《さいわ》いなことに、この季節《きせつ》のサバンナでは、夜になっても凍《こご》えることはありませんでした。

しばし、リリは空を見上げて考えました。アケーレの言ったとおりです。ナミビアでは、ドイツよりもはるかにたくさんの星が見えます。ここは、なにもかも

が、どことなくきょうれつです。サバンナが危険《きけん》だということも、当たっているのでしょうか？　サバンナは遊園地《ゆうえんち》じゃない、それに、きみたちは、ナミビアのことをよく知らないからね、とアケーレは言っていました。そんなことを思いだして、リリは急《きゅう》に不安《ふあん》になってきました。

「どうしたの？」ボンサイは前足をリリの足にかけました。

「おじけづいた？」イザヤはたずねました。

リリはとても重苦《おもくる》しい気分でした。「ママが言ったことがほんとうだったら？　ここにいる動物《どうぶつ》たちは、ドイツの動物《どうぶつ》たちとちがっていたら？」リリはたずねると、いらいらしながら蚊《か》のさし傷《きず》をかきました。

「おなかをすかせたライオンの群《む》れが、わたしをおそわなくても、あなたにおそいかかったら？　それとも……」リリはボンサイを見下ろしました。

ボンサイは驚《おどろ》いてしっぽを丸めました。

「クンクン！」グーが鳴きました。「フンフン！」チョキも言いました。

ボンサイは体をふりました。「ちがうよ。ぜったいにない。おいらが食べられちゃうなんて。リリがライオンの連中《れんちゅう》に言えばいいんだよ。食べちゃいけないって。そうすれば、食べないよ」これでボンサイの問題《もんだい》はかたづいてしまいました。

それからボンサイは、石のにおいを興味津々《きょうみしんしん》にかぎ始《はじ》めました。

イザヤも、ボンサイと同じようなことを考えています。「どんな動物《どうぶつ》も、きみを特別《とくべつ》な人だと感《かん》じてる。だから、きみの言うことを聞くんだよ。ナミビアの動《どう》物《ぶつ》たちもドイツと同じようにね。世《せ》界中《かいじゅう》、どこの動物《どうぶつ》たちも」

リリはイザヤの目の中を見ました。イザヤはでまかせを言ったのではなく、心の底《そこ》から信《しん》じているのがわかります。「わかった」リリは息《いき》をはずませました。

「それなら、さがしに行きましょう」

イザヤはその場でくるりと一周《しゅう》しました。「キリンたちがいたのは、農場《のうじょう》からそんなにはなれた場所《ばしょ》ではなかった」イザヤは声に出して考えながら、方位磁石《ほういじしゃく》を見ました。「ここから少し東だったな……」

「だれか、さがしてるの?」ボンサイが小走りでやってきました。「だれ?」

「さがしているのは――」リリが答えようとすると、シュミット伯爵夫人《はくしゃくふじん》がつづけました。「もっとも階級《かいきゅう》の高い、高貴《こうき》な方」猫《ねこ》はニャアと鳴きました。

そして、リリは言いました。「キリン」

シュミット伯爵夫人《はくしゃくふじん》は楽しそうです。「はい、はい。そういうことにしておきましょう」猫《ねこ》はゴロゴロ喉《のど》を鳴らしながら足をなめました。「スーゼウィンド嬢《じょう》、あなたって、ほんとうにぬけ目ない。わたくしを驚《おどろ》かせようとして」

ボンサイが鼻《はな》をひくひくさせました。

「シミ巨人《きょじん》をさがすんだね？　すぐに言ってくれればいいのに。そいつを見つけるのなんて、朝飯前《あさめしまえ》さ。風に向《む》かって十キロのところで、におってるよ！」

「ほんとう？」リリは大きな声で言いました。「キリンのにおいがわかるの？」

「もっちろーん！」ボンサイは鼻《はな》を高くあげて、ひくひくさせました。

「こっちだよ」そして、ワンワンほえながら早足で歩きだしました。

「シュッ」グーが言いました。

みんなはいっせいに歩きだし、サバンナに入っていきました。月がこうこうと、かがやいています。そのおかげで、懐中電灯《かいちゅうでんとう》がなくてもよく見えます。ボンサイは道なき道を進《すす》み、荒《あ》れた野原をすぎ、おいしげったやぶを通り、みんなを導《みちび》い

ていきます。動物《どうぶつ》の姿《すがた》はまったくありません。けれども、リリにはたくさんの動《どう》物《ぶつ》の声が聞こえました。

「あそこをドタドタ歩いていくのはだれだ？」リリの耳に入りました。

「ゾウじゃないか？」

「そんなはずないさ」もう一つの声が言いました。「ゾウはもっと静《しず》かだよ」それから、動物《どうぶつ》は言いそえました。「世界《せかい》でもっともおろかなやつだな。そいつらが、今晩《こんばん》食われなかったら、おれがワニを食ってやる」

リリは息《いき》をのみました。自分たちの足音が大きすぎるのはわかっています。でも、どうしたら静《しず》かに歩けるのかわかりません。いちばんいいのは、話しているひょうきんな二匹《ひき》に、どうすればいいのかたずねてみることです。でも、その動物がなんなのか、リリにはわかりません。そういうときには、そのままにしておくのが安全《あんぜん》でしょう。

とつぜん、パーがさけびました。「ピョン！」

リリは驚《おどろ》きました。今、ミーアキャットはなにかを飛《と》びこえたのでしょうか？

「ピョン！」今度《こんど》は、グーとチョキもさけび、そのするどい声に、リリは立ちどまりました。

「どうかしたの？」リリは小さなミーアキャットにたずねました。

「だれがピョンピョンするの？」

「リリ、ピョン」グーがリリにすすめました。

「わたしが？」どうして、ジャンプしなければならないのでしょう。リリはふしぎに思い、下を見て、ぎょっとしました。足元にヘビが横《よこ》たわっています。長くてとても危険《きけん》な感《かん》じがします。驚《おどろ》きのあまり、背筋《せすじ》がぞくぞくしてきました。リリはヘビとは話せません。なぜなら、ヘビには耳がないからです。

　何歩か先を歩いていたイザヤがもどってきました。「どうかしたの？」そして、ヘビを見つけると、イザヤの口から音がもれ、リリはぞっとしました。

「ブラックマンバじゃないか」イザヤはぎょっとしています。

「世界《せかい》でもっとも危険《きけん》な毒《どく》ヘビの一つ」

リリは身動《みうご》きせずにヘビを見つめました。ヘビもリリを見つめています。ほかの人間とはちがうと思っているから、リリを見ているのでしょうか？

そこへ、ボンサイがかけてきました。「わあ、うずまきオバサン！」

「危《あぶ》ない！」リリは息《いき》を切らして犬に注意《ちゅうい》しました。

ボンサイは、何歩かあとずさったものの、鼻《はな》をひくひくさせました。

「まあ、落《お》ちついて、リリ。おいら、こいつのあつかい方をよく知ってるよ」犬は深《ふか》く息《いき》をすいこむと、ほえつきました。「おい、シュルシュルオバサン！　おいら、力いっぱいほえてやる！」

ヘビには犬の声は聞こえていませんが、ぴょんぴょんはねまわり、落《お》ちつきのない犬の態度《たいど》は、わかるはずです。ヘビはシュルシュルと音をたてながら、リリに背《せ》を向《む》けると、ボンサイのほうを向《む》きました。

「気をつけて、ボンサイ！」犬とヘビの間には、かなり大きな距離《きょり》があるものの、リリはさけびました。

「暴動《ぼうどう》だ！　すごい暴動《ぼうどう》！　めちゃくちゃ暴動《ぼうどう》！」ボンサイは、ひるむことなくワンワンほえました。

「ピョン！」チョキがリリに、もう一度《ど》言いました。

パーがさらに強く言いました。「今、ピョン！」

リリの足が動きだしました。けれども、リリはヘビを飛《と》びこえず、急《いそ》いで大まわりしました。

犬は、あいかわらずほえています。

「ほえついて、すみまで追《お》いつめてやるぞ、ぞろぞろオバサン！」

「ボンサイ！」リリはヘビからじゅうぶんに遠ざかると、不安そうに呼《よ》びました。

「はなれなさい！　ヘビをほうっておきなさい！」

そこで、ボンサイは鳴きやみました。「オーケー」ボンサイは、リリのもとへかけていきました。「あいつ、おいらをものすごく怖《こわ》がっていたんだけどなあ！」

けれども、リリは、犬の言うことをそれほど信《しん》じませんでした。ヘビにおそわれなかったのは、ただ運《うん》がよかったからです。そして、ヘビはひきさがり、草むらの中に姿《すがた》を消《け》しました。

イザヤは安堵《あんど》のうめき声をもらしました。リリはボンサイをだきあげました。

「守《まも》ってくれて、ありがとう」そして、犬のぼさぼさの毛の中に顔をうめました。

「大したことないさ」犬はさらりと言いました。

「シュルシュルしながら、このへんうろつかれるのが、がまんできなかっただけさ。でも、もうぜんぜんオッケーだね」

リリはほほえんで、犬を地面《じめん》におろしました。

ボンサイは鼻《はな》を高くあげて、ひくひくさせました。

「シミ巨人《きょじん》は、こっちの方向《ほうこう》だ」犬は説明《せつめい》すると、ふたたび歩きだしました。

リリはミーアキャットたちにもお礼《れい》を言いました。「あなたたちが教えてくれなかったら、ヘビをふんづけていたかも。そうしたら、きっとかまれてた！」

「ドキッ！」グーが大きな声で言いました。「ゾゾッ！」チョキも言いました。

そこへシュミット伯爵夫人《はくしゃくふじん》がもどってきました。猫《ねこ》ははるか前方を歩いていたらしく、ブラックマンバとの遭遇場面《そうぐうばめん》を見のがしてしまいました。「いいかげんにいらっしゃいません？」猫《ねこ》は文句《もんく》を言いました。「たった今、ボンサイ伯爵《はくしゃく》がかけていかれましたわよ。わたくしより先に、おもしろいものを発見《はっけん》されてしまったら、どうしましょう。そんなことになったら、絶望《ぜつぼう》のどん底《そこ》ですわ」

「今、行きます」リリはミーアキャットをなでると、ボンサイを追《お》いかけました。

夜のサバンナを注意深《ちゅういぶか》く進《すす》んでいきました。あちこちで、パキッ、ポキッと音がしています。そのたびに、リリはびくっとしました。さっきのヘビにあまりにも驚《おどろ》いたからです。この先も、たくさん危険《きけん》が待《ま》ちぶせているとしたら？ それに、キリンの群《む》れが、十キロメートルよりもさらに遠くへ、ボンサイの鼻《はな》のとどかないところへ行ってしまっていたら、どうすればいいのでしょうか？

そのとき、とつぜん、リリはなにかの声を聞きつけました。そして、根《ね》が生えた

ように立ちつくしました。

「聞こえた？」イザヤがたずねました。「とても低《ひく》い動物《どうぶつ》の声のようだけど！」

「うん、聞こえた」リリは答えました。「でも、なにをしゃべっていたのかわからなかった」リリは首をかしげ、耳をすましました。

すると、またもや声が聞こえてきました。

「夜がとつぜん始《はじ》まった。暗《くら》い、おお、とても暗《くら》い」不吉《ふきつ》な感《かん》じの声です。

「やみが大地をおおう……」

リリの胸《むね》がドキドキし始めました。これと似《に》たような声を聞いたことがあります！

とどろく、低《ひく》いうなり声――この声を、リリは動物園《どうぶつえん》でよく聞いています。動《どう》物園《ぶつえん》には何頭かの大きなネコ科の猛獣《もうじゅう》がくらしています。やみの中のとどろきは、オスのライオン、シャンカルの声とよく似《に》ています！

「お聞きになりまして？」シュミット伯爵夫人《はくしゃくふじん》は耳を立てました。「すばらしくせんれんされた表現《ひょうげん》をなさる方がいらっしゃいます。詩人《しじん》のようですわね！」

リリは、暗《くら》やみの中を一生懸命《いっしょうけんめい》に見つめました。シュミット伯爵夫人《はくしゃくふじん》がその動《どう》物《ぶつ》の言葉《ことば》をわかるということは、リリの思いちがいではありません。その声はネコ科の動物《どうぶつ》です。それも、ひじょうに大きなネコ科の猛獣《もうじゅう》。

「向《む》こうにライオンがいるのかも」リリは息《いき》を切らしながら言いました。

「まあ、ついにそのときが訪《おとず》れましたのね！」シュミット伯爵夫人《はくしゃくふじん》はかん高い声をあげると、声のする方向《ほうこう》へ急《いそ》ぎました。「前代未聞《ぜんだいみもん》のサプライズ！」

リリのひざが、がくがくふるえだし、すっかりおじけづいていました。

レックス

「ライオン?」イザヤが小声で言いました。「よし、それなら、そっちへ行こう。話ができるように。そうしないと、ぼくらはエサじゃないって、ライオンにわかってもらえないじゃないか」

リリはドキドキしながらうなずくと、イザヤを追《お》って、猛獣《もうじゅう》の低《ひく》い声のするほうへ向《む》かいました。さて、どうなるのでしょうか。自由《じゆう》に生きる野生のライオンも、リリのいうことをきいてくれるでしょうか。イザヤはまったくうたがうこともなく、まっしぐらに進《すす》んでいきます。

影《かげ》が見えてきました。大きな岩の上に動物《どうぶつ》がすわっています。ライオンでしょうか? 動物《どうぶつ》は背中《せなか》を向《む》けているので、見きわめられません。

シュミット伯爵夫人《はくしゃくふじん》は一足先に到着《とうちゃく》していて、みんなを待《ま》っていました。とはいえ、ひとりで近づく勇気《ゆうき》はありません。「おつきになりまして」猫《ねこ》は小さな声で鳴きました。「あちらにいらっしゃる、きわめて興味深《きょうみぶか》いサプライズの方を、わたくしに紹介《しょうかい》してちょうだい」

「あいつ、だれだ？」ボンサイは、耳をぴんと立てて言いました。「警報《けいほう》？」

リリは、だめ、と言いました。それから、ひたいにしわをよせました。岩の上の動物《どうぶつ》は、どことなく……奇妙《きみょう》です。動物《どうぶつ》は、見張《みは》っているかのように、頭を右から左へ動《うご》かしました。

リリはしのび足で何歩か前へ出ました。ここからなら、動物《どうぶつ》のつぶやき声がよく聞こえます。

「やみが光をむさぼる。なにもかもが真《ま》っ暗《くら》だ。おお、真《ま》っ暗《くら》だ」動物《どうぶつ》は雷《かみなり》のような声をとどろかせました。「そして、わたしはここに立ち、風に立ちむかう」そこで、動物《どうぶつ》は立ちあがり、体をのばしました。「そして、考える……」

シュミット伯爵夫人《はくしゃくふじん》は、リリがいるその場所《ばしょ》までついてきました。

「聞いてちょうだい！」猫《ねこ》はゴロゴロ喉《のど》を鳴らしました。「ジーンといたします。

あちらの獅子《しし》のお方は、まちがいなく、すばらしいセンスをお持《も》ちですわ！」

リリは、目の前にいる動物《どうぶつ》がライオンだとは、しだいに思えなくなってきました。月明かりにうかびあがるりんかくは、ヒョウかチーターを思いおこさせます。

イザヤがリリの横《よこ》にやってきました。「なにをぶつぶつ言ってるんだろう」

「えーっと……説明《せつめい》しているの。今、なにが起《お》こっているのかを」

「夜風がわたしの金色の毛皮《けがわ》をふきたおす」動物《どうぶつ》は語りました。「静《しず》かに、そして慎重《しんちょう》に、わたしは周囲《しゅうい》を見る」動物《どうぶつ》は、またもや左右を見ました。けれども、落《お》ちついているようには見えません。ちょっぴり混乱《こんらん》しているようです。

リリは勇気《ゆうき》をふるいおこしました。「こんばんは」

動物《どうぶつ》はふりかえり、目を丸くしてリリを見つめました。

すると、イザヤは、はっと息《いき》をのみました。「ピューマ！」

リリにもはっきりとわかりました。明るい色の毛、丸みがかった耳、白い口。ほんとうに、ピューマです！　でも、どうしてここにいるのでしょうか？

イザヤも同じことを考えているようです。

「アフリカに、ピューマは生息《せいそく》していないはずなのに！」イザヤが大きな声で言うと、リリはうなずき、あっけにとられました。

ピューマはひらりと岩から飛《と》びおりると、頭を低《ひく》くし、声をとどろかせました。

「だれだ？」

「ひゃあ！」ミーアキャットはかん高い声をあげて、茂《しげ》みに逃《に》げこみました。

そのようすを、ピューマは観察《かんさつ》していました。それから、三匹《びき》に向かって大きな声で言いました。「獲物《えもの》か？」

ミーアキャットはまったく音をたてずに、じっとしています。その代《か》わりに、リリが言いました。「ちがう、あの子たちは獲物《えもの》じゃないの」

ピューマはため息《いき》をつきました。「ニセのアライグマか？」

「ちがうわ」リリの驚《おどろ》きはどんどん大きくなるばかりです。「そうねえ、アライグマというより……ニセのウサギ」

「なるほど」ピューマはすわりました。「さて、わたしはすわる。そして、ここではなにもかもがまちがっている。おお、ひどくまちがっている。立っていたときにも、すべてがまちがっていた。ということは、立っていたせいではないのだな」ピューマは顔をあげると、音をたてて息《いき》をすいこみました。

「夜風が歌をうたう。そして、わたしは……わたしは考える……」

「なにを考えているの？」

ピューマはまたもや立ちあがりました。「わたしはこの大地に立っている」

ピューマは力強《ちからづよ》く足ぶみしました。「そして、風に立ちむかう……」

「それはもうやったのに」リリは、ぼそりと言いました。

シュミット伯爵夫人《はくしゃくふじん》はうっとりしています。「ごらんになって、風に立ちむかっておられます！」

ボンサイがウォッとほえました。「あいつ、なにしゃべくってんだ？」

ピューマは顔を上に向《む》けました。「わたしは星に目を向《む》ける」ピューマは星に目をやりました。「そして、考える。すべてがどうなっているのか」

「ふむ」これで、リリにも、ピューマがなにかについて考えているのがわかりました。そこで、リリはもう一度《ど》たずねました。「どうなっているって、なにが？」

ピューマはまたもや息《いき》を吐《は》きだしました。「すべてだよ！」ピューマはゆっく

りとふりむきました。「ニセの世界《せかい》！　ニセのウサギ！　言葉《ことば》を話せるニセの人間！」ピューマは絶望《ぜつぼう》するような声をあげました。

「それで、ヘラジカはどこにいる？」

「ヘラジカ？」リリはたずねました。

するとイザヤが勝《か》ちほこったような声をあげました。「そうだよ。わかっていたよ。ピューマはもとからここにいたんじゃないんだよ！」

さて、ピューマはきんちょうし、行ったり来たりし始《はじ》めました。

「何時間もかけて、このニセの世界《せかい》で荒野《こうや》をわたってきた。不安《ふあん》と恐《おそ》れをいだきながら。だが、つねに集中《しゅうちゅう》し、勇気《ゆうき》を出して」

「それは……すばらしいわ」リリは何歩かさらに近づきました。「お名前は？」

「レックス。そうだ、レックスだ。ほこり高き、どうどうたる名前。そうは思わないかい？」

「とってもいい名前」リリは笑《わら》いをこらえました。

「あなたはこのサバンナで生まれたんじゃないでしょ？」

すると、レックスは足を止めました。「そうだ。わたしの故郷《こきょう》は遠い。おお、とても遠い。それなのに、今、わたしはここにいる。故郷《こきょう》を失《うしな》い、知り合いもいない。けれども、風に立ちむかう」レックスは風に向《む》かって立ちました。

「それに、ヘラジカが見つからないから、なにを食べればいいのかわからない」

レックスはしょんぼりとしました。それから、うしろ足で耳をかきました。「向《む》こうのニセウサギは、もちろん、ビーバーではないな？」

「ぜんぜんちがうわ」リリは答えました。ちょうど、チョキが茂《しげ》みから鼻先《はなさき》をのばして、ようすをうかがっています。リリは、ピューマがミーアキャットに飛《と》びかからないように気をつけなければなりません。レックスはひどくおなかをすかせているようです。「あなたはどこから来たの？」

「草木のおいしげる、美《うつく》しい、おお、それはとっても美《うつく》しい森からやってきた」

レックスが失望《しつぼう》しているのがわかります。「ここは、なにもかもがからっぽすぎ

る。ふしぎだ。どうすれば、ここで音をたてずに、きちんと歩けるのだろう。なにもかもが、ただただ、まちがっている。おお、すごくまちがって――」

「でも、どうやってここへ来たの？」

「つい最近《さいきん》、わたしは人間につかまった。そして、箱《はこ》にとじこめられて、眠《ねむ》らされた。目覚《めざ》めてみたら、わたしはこの恐《おそ》ろしくまちがった世界《せかい》にいたというわけだ。なにもかもが熱《あつ》すぎて、どれが獲物《えもの》で、どれがそうでないか、わからない世《せ》界《かい》に。それでも、わたしはひるまない！　わたしはここに立ち――」そして、ピューマは立ちあがりました。

「風に立ちむかう！」シュミット伯爵夫人《はくしゃくふじん》は猫《ねこ》なで声で言いました。猫《ねこ》は目をかがやかせて、ピューマの話に熱心《ねっしん》に耳をかたむけました。

するとそのとき、とつぜん、レックスのおなかが大きな音でグーと鳴りました、ピューマも自分で驚《おどろ》き、動《うご》きを止めました。「空腹《くうふく》がわたしをうちたおし、よれよれにする」そこで、ピューマはふたたび体をきんちょうさせました。

「だが、勇気《ゆうき》よ、わたしを見捨《みす》てるな！」

シュミット伯爵夫人《はくしゃくふじん》は飛《と》びあがりました。「あちらの方はよれよれでございます。おお、それはひどく弱っていらっしゃる！」

うちひしがれたピューマは、みんなのほうに目をやると、イザヤ、犬、それから、気どったポーズをとっている猫《ねこ》を見ました。けれどもレックスは、あまり心を動《うご》かされないようです。あきらめたように、リリにたずねました。

「教えてくれないか？　わたしはなにを食べればいいのだろう」

リリはどきりとし、沈黙《ちんもく》しました。ピューマにも食《た》べ物《もの》が必要《ひつよう》です。食べないと、飢《う》え死《じ》にしてしまいます。けれども、アンテロープかヌーをおそえとは、リリにはアドバイスできません！

すると、イザヤがリリをつつきました。「ピューマはなにに困《こま》ってるの？」

リリは、レックスが話したことを、イザヤに伝《つた》えました。イザヤは頭のうしろをかきながら言いました。「農場《のうじょう》にもどって、冷蔵室《れいぞうしつ》の牛肉をとってきたらいい

んじゃないかな。昼に見たんだよ。マチルデおばあさんが、肉をたくさんしまっているのを。少しくらいなくなったって、わかりやしないさ」

リリはイザヤを見つめ、考えこみました。農場《のうじょう》へもどったほうがいいのでしょうか？　ここまで、ずいぶん長い時間をかけて歩いてきました。三十分はかかりました。それに、どうしてもキリンを見つけだささなければなりません！

でも、レックスも助《たす》けが必要《ひつよう》です。気の毒《どく》なピューマは誘拐《ゆうかい》されて故郷《こきょう》を連《つ》れだされ、そして、ここにほうりだされたのでしょう。どういう理由《りゆう》でそうなったのかはわかりませんが、ピューマにとっては命《いのち》にかかわる大問題《もんだい》です。ここではうまくやっていけないと、ピューマは感《かん》じているのですから。「わかったわ」リリはイザヤの意見《いけん》を受《う》けいれました。

「でも、急《いそ》がないと。キリンをさがす時間も残《のこ》しておかないと」

イザヤはさっそく向《む》きを変《か》えると、来た道をもどっていきました。

「レックス」リリは言いました。「ついてきて。あなたが食べるお肉が手に入るところを知ってるの。でも、約束《やくそく》して。この中にいるだれのことも、ぜったいにおそっちゃだめよ。ニセウサギもだめだからね！」

グーとパーは興味津々《きょうみしんしん》にようすをうかがっています。チョキは見張《みは》りについて、枝《えだ》の上で風にふかれながら直立しています。

「わたしの名誉《めいよ》にかけて誓《ちか》おう。そのようなことは決《けっ》してしない！」ピューマは約束《やくそく》しました。「きみらについていこう。ひじょうに希望《きぼう》が感《かん》じられる。快《こころよ》い、おお、とても快《こころよ》い希望《きぼう》が。見よ、わたしは立ちあがる。そして、きみらを追《お》いかける」ピューマは立ちあがり、みんなについていきました。

シュミット伯爵夫人《はくしゃくふじん》は、思いきってピューマに歩みよりました。「ご紹介《しょうかい》させていただけます？　わたくしの名前はシュミット。シュミット伯爵夫人《はくしゃくふじん》ともうします！　わたくし自身《じしん》のように、たいへん魅力的《みりょくてき》で知的《ちてき》な名前ですの」

レックスは、半人前にしか見えない小さな動物《どうぶつ》をどうとらえたらいいものか、困《こま》っているようです。それでも、猫《ねこ》と会話を始《はじ》めました。

リリは、イザヤとミーアキャットとともに先を歩き、ボンサイはぼそぼそ言いながら並《なら》んで歩いています。

「あいつがいると、なんかいらいらするよ。シュミちゃんと、なにしゃべってんのかなあ?」

けれども、リリは犬には返事《へんじ》をしないで、思いに沈《しず》んでいました。はじめ、ピューマに牛肉を食べさせるのは、名案《めいあん》だと思いました。けれども、今は、シュトルツベルガーさんの言葉《ことば》を思いおこして、そうではないような気がしています。これからとりに行こうとしているその肉だって、食べられるために、一頭の牛がぎせいになったのです。ヌーをつかまえるようピューマに伝《つた》えるよりも、牛肉を与《あた》えるほうがほんとうによいアイデアといえるのでしょうか?

みんなはだまってサバンナの中を歩いていました。シュミット伯爵夫人《はくしゃくふじん》の声だけが聞こえてきます。猫《ねこ》は、遠くはなれたドイツでの、自分の活躍話《かつやく》をぎょうぎょうしく伝《つた》えています。故郷《こきょう》では正真正銘《しょうしんしょうめい》の伝説《でんせつ》の猫《ねこ》なのに、ここではピューマと同じくよそ者《もの》だ、と説明《せつめい》しました。

しばらくすると、リリたちはダンデライオン農場《のうじょう》にもどってきました。みんな、ぐっすりと眠《ねむ》っているようです。リリとイザヤがいなくなったのを、だれも気づいていません。

リリは動物《どうぶつ》たちに、通りのすみで待《ま》つよう指示《しじ》しました。そして、リリとイザヤは、農場《のうじょう》の冷蔵室《れいぞうしつ》にしのびこみました。そこには、ほんとうに大量《たいりょう》の肉があります。ふたりは、そのうちの何キロかをとって包《つつ》みました。そして、動物《どうぶつ》たちのもとへもどろうとしたときです。とつぜん、イザヤが足を止めて、ささやきました。「向《む》こうにミスター・マゴロのオフィスがある」

「そう、それで?」

「ちょっと確認《かくにん》したいことがあるんだ。もしかしたら、マゴロがシュトルツベルガーに約束《やくそく》した、めずらしい特別《とくべつ》なサプライズがなんなのか、さぐりだせるかもしれない」言いおわったときには、イザヤはすでにドアの前にいました。そして、

暗《くら》い部屋《へや》にしのびこみました。

リリはしのび足でイザヤを追《お》いかけました。オフィスに入ると、イザヤはスイッチを入れて明かりをつけました。そして、いくつかの書類《しょるい》に目を通しました。

「なにしてるの？」

「これだ！」イザヤは一枚《まい》の紙を手にしています。「ここに、レックスのことが書かれている！」

リリはイザヤの肩《かた》ごしにのぞきこみました。「やだ、英語《えいご》じゃない」

イザヤはにっこりしました。「これぐらいなら、ぼくにも読める」

リリもにっこりしました。「なんて書いてある？」

書類《しょるい》に記された文章《ぶんしょう》を読みすすめていくうちに、イザヤの顔が曇《くも》っていきました。「レックスはカナダから来たんだ。ミスター・マゴロの指示《しじ》でつかまえて、ここまで運《はこ》ばせたんだ」

「どうしてそんなことを」

「シュトルツベルガーがピューマをしとめたがっているからだよ」イザヤは重苦《おもくる》しい声で答えました。「レックスは、マゴロからシュトルツベルガーへのプレゼントというわけさ。あいつのコレクションに、ピューマがたりないらしい」

リリは雷《かみなり》にうたれたように、イザヤを見つめました。

「レックスも撃《う》たれちゃうの？」

「ああ。レックスは、シュトルツベルガーのために、ここへ連《つ》れてこられたんだよ」はげしい怒《いか》りに、イザヤはこぶしをにぎりました。「シュトルツベルガーは、この狩《か》りのためにばく大な金をはらっている。だから、マゴロにとっても、遠くからわざわざピューマを運《はこ》ばせる価値《かち》があった。そういうことだよ」イザヤは怒《いか》りとショックがまざりあったような声で言いました。

「これは法律違反《ほうりついはん》だ！　ねえ、どういうことかわかる？」

リリは首を横《よこ》にふりました。

「ソロモンおじいさんは、うそをついていたんだ！　ここではいつも決《き》められた基準《きじゅん》をきっちり守《まも》っているという話は、正しくない。ノッポはグループの中でいちばん年よりのキリンじゃない。狩《か》りの許可《きょか》を出してはならないんだ。それに、レックスのことは、本物《ほんもの》の犯罪《はんざい》だよ！」

リリの鼓動《こどう》が速《はや》くなり、胸《むね》が痛《いた》くなりました。信《しん》じられません。信《しん》じたくありません！　狩《か》りに賛成《さんせい》している人たちには、心というものがないのでしょうか？　トロフィーハンティングがふつうの狩猟《しゅりょう》で、正しいことだなんて、どうして思えるのでしょうか？

人間と同じように、動物《どうぶつ》たちにも生きる権利《けんり》があるはずです！

そのときリリは、リュックサックの中の牛肉を思いだし、うなだれました。この牛にも生きる権利《けんり》があったのです。なにもかもが、どうしてこんなに複雑《ふくざつ》なのでしょうか？

リリとイザヤは口をきかずに、暗《くら》い表情《ひょうじょう》で、こっそり通りへもどりました。動物《どうぶつ》たちは、おとなしくふたりの帰りを待《ま》っていました。ミーアキャットとボンサイは、通りの反対側《はんたいがわ》にいましたが、レックスとシュミット伯爵夫人《はくしゃくふじん》は、はじめの場所《ばしょ》をはなれず、そこにいました。猫《ねこ》はあいかわらず、いかに自分がすばらしい存在《そんざい》か、夢中《むちゅう》で話しています。なんて美《うつく》しい、おお、とても美《うつく》しい、朝日に照《て》らされ、いつもかがやくわたくしの毛皮《けがわ》、と語っています。

「あなたに食《た》べ物《もの》を持《も》ってきたわ」リリはピューマに言いました。

すると、ピューマは好奇心《こうきしん》にかられて近づいてきました。

「はい、これ」リリはピューマに牛肉をさしだしました。

ピューマの目が大きくなりました。

「おお、これは驚《おどろ》いた！　ほんとうに、わたしに？　おお、わたしひとりのために？」

「そうよ。えんりょしないで、食べて」

リリがそう言うと、ピューマはすかさず肉にかぶりつきました。リリはその姿《すがた》を見ながら、生《い》き物《もの》がほかの生《い》き物《もの》を食べるのは、変《か》えようのない自然《しぜん》の一部《ぶ》なのだと、あきらめました。

「レックスに食べさせてくれて、ありがとう」リリは小声で言い、心の中で牛に感謝《かんしゃ》しました。ちょっぴりおかしな気がします。けれども、感謝《かんしゃ》の気持《きも》ちを伝《つた》えることも悪《わる》くないと思いました。

レックスは最後《さいご》の一口をのみこみました。はじめ、リリは、肉をたくさんとりすぎたと思いました。けれども、あんなにたくさんの分量《ぶんりょう》でも、目にもとまらぬ速《はや》さで、あっという間に平《たい》らげてしまいました。

「すばらしい！」レックスは喜《よろこ》びました。「おお、なんてすばらしい！」

一口分の肉をくすねたシュミット伯爵夫人《はくしゃくふじん》も、口のまわりをなめています。

「おいしゅうございました！」

レックスはリリに頭をこすりつけました。「水ももらえるか。もうずいぶん長いこと、なにものんでいない。ひどく喉《のど》がかわいている」

「どうしたの？」イザヤがたずねました。

「喉《のど》がかわいているの」リリは説明《せつめい》しました。

「中にもどって、ポットに水を入れてくる」

けれども、イザヤはリリをひきとめました。「待《ま》って」

「なあに？」

「シャマカニが言ってた水場に行ったらどうだろう？　このすぐ近くだそうだ」

「でも……どうして？」

「この時間なら、きっと、水場にたくさん動物《どうぶつ》がいるよ。シャマカニが言ってたじゃないか。とりわけ夜に、水をのみに来るって！」

「キリンたちも、そこにいるかもしれないということ？」

「そうさ。いなくても、キリンの居場所《いばしょ》を知っている動物《どうぶつ》がいるかもしれない。

ボンサイの鼻《はな》が当てにならないと言ってるわけじゃないんだ。でも、サバンナの動物《どうぶつ》たちにきいてみたいんだ」イザヤは方位磁石《ほういじしゃく》にちらりと目をやりました。

「北東に進《すす》まなければならない……」

「わかった」リリはそう言ったものの、心臓《しんぞう》が口から飛《と》びだしそうなほどドキドキしていました。夜の水場には、数えられないほどたくさんの動物《どうぶつ》たちが集合《しゅうごう》しているはずです。動物《どうぶつ》たちの姿《すがた》がやみの中でよく見えず、自分が何者《なにもの》かをタイミングよく説明《せつめい》できずに、危険《きけん》にさらされるかもしれません。その一方で、イザヤの考えることは、いつでもぬけ目がありません。そして、リリは決心《けっしん》しました。

「その水場へ行きましょう」

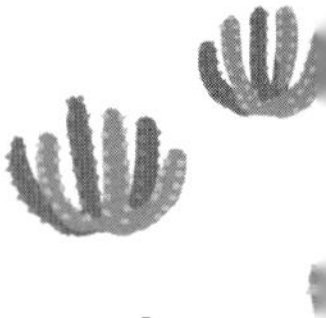

水場

みんなは一列《れつ》に並《なら》んで、夜のサバンナをしのび足で進《すす》んでいきました。イザヤは、どちらの方向《ほうこう》に進《すす》めばいいのか、正確《せいかく》にわかっているようです。ですから、リリはイザヤのあとについていきました。月明かりに照《て》らされて、たくさんの小さな動物《どうぶつ》たちの姿《すがた》が見えます。暗《くら》いところには、もっと大きな動物《どうぶつ》もかくれているのでしょうか？

これまで出会った動物《どうぶつ》たちは、たいていリリには愛想《あいそ》よく接《せっ》してくれました。ですから、たとえ大きな動物《どうぶつ》がかくれていたとしても、いつまでも心配《しんぱい》しつづける理由《りゆう》はありません。それに、今はボディーガードのピューマもいます！

とはいえ、レックスはこの先、どうなってしまうのでしょうか？　どうすれば、ハンターからピューマを守《まも》ってあげられるでしょうか？　キリンとちがい、東に向《む》かってできるだけ遠くまで行きなさい、と教えてあげても、意味《いみ》がありません。

農場《のうじょう》の土地の外へ出たとしても、そこでも、ここと同じく、ピューマには生きていく方法《ほうほう》がわかりません。

とつぜん、ゾウの低《ひく》いうなり声が聞こえてきました。

「どきなさい、わたしの到着《とうちゃく》だよ！」

それから、小動物《しょうどうぶつ》の声がひびきました。

「なんだよ、先に来たのはおれさまだぞ、まったく！」

リリは立ちどまりました。「水場はすぐそこかも」

イザヤはスピードをあげて、先を急《いそ》ぎました。リリとボンサイ、レックスとシュミット伯爵夫人《はくしゃくふじん》、それにミーアキャットたちは、イザヤにぴったりついていきました。

それから間もなく、水場に到着《とうちゃく》しました。そこには、さまざまな動物《どうぶつ》たちが集《あつ》まっています。その光景《こうけい》に、リリは息《いき》をのみました。水場の向《む》かい側《がわ》にはゾウの群《む》れがいます！　そのすぐ横《よこ》で、数匹《ひき》のマングースが水をのんでいます。少し先にはヤマアラシが見えます。ヒヒもいます！　これほどたくさんの種類《しゅるい》の動物《どうぶつ》たちが集《あつ》まり、おだやかに水をのんでいるなんて、信《しん》じられません！　岸《きし》の向《む》こう側《がわ》にいるのはカバでしょうか？　暗《くら》い世界《せかい》では、なにがいるのかはっきり見きわめられません。でも、キリンのような巨大《きょだい》な動物《どうぶつ》を見すごすことはないはずです。それなのに、かんじんのキリンの姿《すがた》が見えません。

「あなたたちって、おかしなグループね」とつぜん、リリの横《よこ》で声がしました。

リリはすばやくふりむきました。メスのライオンがいます！

「キャッ、キャッ！」ミーアキャットのパーはさけび、ボンサイのかげにかくれました。

犬は得意《とくい》になって頭をそらしました。

シュミット伯爵夫人《はくしゃくふじん》が歓声《かんせい》をあげました。「閣下《かっか》！　やっとお会いできましたわ！」猫《ねこ》は目をかがやかせ、かん高い声で鳴きました。そして、ライオンの前で、深々《ふかぶか》と頭をたれました。「あなたさまとの出会いを、どれほど熱望《ねつぼう》したことか！

あなたさまにひれふしとうございます」

「そんなばかばかしいこと、しないほうがいいわよ」ライオンは答えました。

「ここでは、ひれふしてもなにもないの。それより、教えてちょうだいよ。いっしょにいるのはだれ？」

そこで、レックスが言いました。「わたしは、勇敢《ゆうかん》に歩みでる」ピューマは進《すす》みでました。「ろうろうたる声で、わたしはあなたに話しかける、りっぱな前足のご婦人《ふじん》さま。わたしは風に立ちむかい――」

ライオンはシュミット伯爵夫人《はくしゃくふじん》をつつきました。

「ちょっと、こちら喜劇役者《きげきやくしゃ》かなにか？　どうかしてるんじゃない？」

「まあ！　サー・レックスはお上品《じょうひん》でございますわよ！」シュミット伯爵夫人《はくしゃくふじん》は言いました。

「あら、そう」ライオンはうなりました。

「そうねえ。品《ひん》があっても、ここではどうにもならないけどね」

シュミット伯爵夫人《はくしゃくふじん》の目が広がりました。

「どうにもならないのでございますか？」

「そう、だめ。そんなものより、大きな口が必要《ひつよう》よ。根性《こんじょう》があるのも悪《わる》くないわね」

「わたしは、大きな、おお、それは大きな勇気《ゆうき》をさずかっている！」レックスは説明《せつめい》しました。「もっとも危《あぶ》ない危険《きけん》に遭遇《そうぐう》しようが、恐《おそ》れずに、荒《あ》れくるう嵐《あらし》にもだいたんに立ちむかう！」ピューマは嵐《あらし》と戦《たたか》っているかのように、前方に体を投《な》げだしました。

ライオンはあやしんでいます。「まあ、まあ」それから、ライオンはボンサイを見ました。「そこのもじゃもじゃ、おいしそうね」

「獅子《しし》の閣下《かっか》！」シュミット伯爵夫人《はくしゃくふじん》はキンキン声で言いました。

「ボンサイ伯爵《はくしゃく》は、この世《よ》に飛《と》びまわっているものの中で、もっともすばらしい個性《こせい》の持《も》ち主《ぬし》でございます！　どうか、ボンサイ伯爵《はくしゃく》をおいしそうなものと見る

のを、思いとどまってくださいませ」

「わかったわよ。興奮《こうふん》しないで」ライオンは猫《ねこ》をなだめました。「ついさっき食べたばかりだから、だいじょうぶよ。最高《さいこう》にやわらかいヌーをね」

リリの胸《むね》は重苦《おもくる》しさでいっぱいになりました。それから、気をとりなおしてライオンに言いました。「こんばんは」

「あら、ちょっと！」ライオンは、興味津々《きょうみしんしん》に近づいてきました。

「あなたたちのグループに、ひとりだけ、ふつうの二本足とはちがうのがいるわね！　ねえ、どうしてそんなに上手に猫語《ねこご》ができるのよ、二本足の女の子」

「わたし、リリ」リリは自己紹介《じこしょうかい》しました。不安《ふあん》はまったく感《かん》じません。それは、ドイツの動物園《どうぶつえん》のライオン、シャンカルを通じて、少しばかりライオンのことを知っているからでしょう。「わたし、動物《どうぶつ》と話せるの」

「それはすごい！　そういう二本足は、もっとたくさんいたほうがいいわね。そうすれば、あなたたちの仲間《なかま》に、わたしの仲間《なかま》がこれ以上《いじょう》、撃《う》たれなくてすむよ

うになるでしょうね」

リリの指《ゆび》が、リュックサックのベルトを強くにぎりしめました。

「だれが……撃《う》たれたの？」

「わたしのグループのボスよ」ライオンは悲《かな》しい目をしました。「強い、最高《さいこう》のリーダーだったのに！　あっという間にたおされてしまった。二本足がボスをバンって撃《う》っちゃったの」ライオンはため息《いき》をつきました。

「それからは、なにもかもが、めちゃくちゃよ。わたしたちのグループは、ばらばらになっちゃった。それからずっと、わたしはひとりで行動《こうどう》しているの」

「かわいそうに」リリはショックを受《う》けました。

ライオンはリリとイザヤを観察《かんさつ》しました。

「あなたとお友だちは、動物《どうぶつ》をバンバン撃《う》ったりしないでしょ？」

「しない。ぜったいにしない！」リリは約束《やくそく》しました。「それに、今、わたしたちは、これから撃《う》たれる予定《よてい》の動物《どうぶつ》に、危険《きけん》を知らせに行こうとしているの」

「ほんとうかい？」低《ひく》い声がたずねました。

リリは勢《いきお》いよく息《いき》をすいこみました。リリの横《よこ》に、一頭のゾウがいます！　好《こう》奇心《きしん》にかられて水場の反対側《はんたいがわ》からやってきたようです。

「やあ、ドスドスおデブ！」ボンサイはキャンキャン鳴きました。

リリは、そのゾウがメスだとわかりました。とても年をとったゾウに見えます。賢《かしこ》そうな目で、さまざまな動物《どうぶつ》からなるリリのグループを観察《かんさつ》しています。

「ひゃー、ぺちゃんこつぶし屋《や》」ライオンはつぶやきました。ゾウの登場《とうじょう》が、うれしくないようです。「ひとまずここから退散《たいさん》したほうがよさそうね」

リリがお別《わか》れを言《い》おうとすると、ライオンはすでに歩きだしていました。

「閣下《かっか》！」シュミット伯爵夫人《はくしゃくふじん》はライオンのうしろ姿《すがた》に向《む》かってさけびました。

「わたくしたちの出会いを、そんなにいきなりうちきるものではございません！　わたくし、きわめて魅力的《みりょくてき》な猫《ねこ》でございますのよ！」

けれども、ライオンは行ってしまいました。

ゾウはやわらかい鼻先《はなさき》で、リリにそっとふれました。「どうしてあなたは人間のように見えて、おまけにゾウの子どものようにも見えるのかしら？」

「なんとなく、そうなの」リリは説明《せつめい》しようとしました。自分でも、動物《どうぶつ》の目で自分の姿《すがた》を見てみたい、と強く思いました。

レックスはゾウに不安《ふあん》を感《かん》じています。こんなに大きな動物《どうぶつ》には、出会ったことがないはずです。「わたしは、喉《のど》のかわきをいやしに水のみ場におもむく」ピューマはそう言うと、水場へ急《いそ》いで行ってしまいました。

「ゴクゴク」グーとチョキとパーは声をあげ、ピューマを追《お》いかけました。

ゾウは、リリの赤い巻《ま》き毛をそっとひっぱりあげて言いました。

「愉快《ゆかい》な茂《しげ》み。あなたって、ほんとうに、ほかの人間とはちがうのね」

「そうかもしれない」リリは答えると、いうことをきかない巻《ま》き毛をまっすぐにのばそうとしました。それから、蚊《か》にさされた顔をかきました。ゾウの鼻《はな》がふれたせいで、さされたところが、ふたたびかゆくなってしまったのです。

「ということは、あなたは、動物《どうぶつ》を助《たす》けようとしているのね？」ゾウはたずねました。

「発射棒《はっしゃぼう》を持《も》った人間に気をつけるよう、ある動物《どうぶつ》に知らせてあげたいのね？」

「そうなの。ノッポという名前のキリンよ。ノッポは、あした撃《う》たれてしまうの。でも、わたしたちは、なんとしてでも妨害《ぼうがい》するつもり」リリが話していると、水場の向《む》こう岸《ぎし》にいる残《のこ》りのゾウたちも動《うご》きだしました。ヤマアラシ、オリックス、それに何頭かのヒヒも顔をあげて、リリの話に耳をかたむけています。

「きみたちは、発射《はっしゃ》ギャングに悪事《あくじ》を働《はたら》かせないようにするのか？」一頭のヒヒがたずねました。

「残念《ざんねん》だけど、そこまではできないの。でも、せめてノッポは助《たす》けてあげられる」

それに、レックスも、とリリは心の中で言いそえました。

「キリンたちがこの水場にいてくれたらいいなって思っていたんだけど……」

ほかのゾウたちも近づいてきました。ゾウたちは、イザヤとボンサイとシュ

ミット伯爵夫人《はくしゃくふじん》をそっと脇《わき》へおしやり、リリをとりかこみました。小さなゾウが鼻《はな》でリリをさぐっています。「やっとほかの子ゾウを見つけたぞ！」

リリはほほえんで、小さなゾウをなでました。

そこで、さきほどの年をとったゾウが言いました。

「キリンたちの居場所《いばしょ》なら、知ってるわよ」

リリは驚《おどろ》いて息《いき》をのみました。「どこにいるか知ってるの？」

イザヤは小さな歓声《かんせい》をあげました。

「ええ、知ってるわよ」ゾウは言いました。

「きょう、そのグループと出会ったのよ。お日さまの行く方向《ほうこう》とは反対《はんたい》に向《む》かって旅《たび》していたわ。きっと今、別《べつ》の水場にいるわ」

つまり、キリンは東に向かって歩いていったのです。農場《のうじょう》からはなれていきます。それは、ひとまずいい情報《じょうほう》でした。

「その水場はどこにあるの？」リリは息《いき》もつかずにたずねました。

「ここから半日ほど歩いたところよ」年老《としお》いたゾウは説明《せつめい》しました。

「あした、お日さまの進《すす》む方向《ほうこう》と反対《はんたい》に進《すす》んでいけば、きっと見つかるわよ」

それを聞いて、リリは弱気になってしまいました。「あしたでは遅《おそ》すぎるの。今夜のうちに、その水場に行かなければならないの！」リリはイザヤのほうを見ました。「東の方向《ほうこう》ですって」

方位磁石《ほういじしゃく》があれば、どちらに向《む》かっていけばいいのか、かんたんにわかります。それでも、水場の位置をつきとめるのは、ワラの山の中から一本の針《はり》をさがすくらい、むずかしいでしょう。それに、目的《もくてき》の水場が、ここから徒歩《とほ》で半日もかかるほどはなれた場所《ばしょ》にあるというのは、とても悪《わる》いニュースです。リリはうちのめされました。それに、へとへとでした。とうに真夜中をすぎているはずです。そして、これから夜明けまで歩きつづけなければならないだなんて。けれどもリリは歯《は》を食いしばり、胸《むね》を張《は》りました。

「出発《しゅっぱつ》しましょう」ノッポの命《いのち》がかかっています。がんばりぬくしかありません。

イザヤは方位磁石《ほういじしゃく》をとりだしました。「こっちへ進《すす》むんだ」イザヤはそう言うと、目の前に広がるサバンナに向《む》かって指《ゆび》さしました。

「助《たす》かったわ、ありがとう」リリはゾウたちにお礼《れい》を言いました。

「ノッポを助《たす》けるために、なんでもするつもり」そう言いのこして、リリは勇《いさ》ましく歩きだしました。

「お待《ま》ちなさい！」年老《としお》いたゾウが、リリのうしろから声をかけました。

リリはふりかえりました。「え？」

「あなたたちの短《みじか》い足では、時間がかかりすぎるわね」ゾウは言いました。

「わたしたちも協力《きょうりょく》するわ」

リリの胸《むね》が大きな音をたてて鳴りました。「どうやって？」

「連《つ》れていってあげる」ゾウは言いました。

「背中《せなか》にお乗《の》りなさい」

ゾウに乗《の》る

「リリ！」ボンサイはワンワンほえました。

「前、見てよ、前！　シマシマ野郎《やろう》だ！」

リリは驚《おどろ》いて、飛《と》びあがりました。年老《としお》いたゾウの背中《せなか》の上で眠《ねむ》っていました。リリは目をこすり、あたりを見まわしました。太陽《たいよう》がちょうどのぼり始《はじ》めたところです。空はほんのりとバラ色に染《そ》まり、まるで、ごうかな絵画のようです。

「あっちだよ！」ボンサイは、リリのリュックサックの中からウォッとほえました。「めちゃくちゃいっぱい、シマシマ野郎《やろう》！」はるかかなたに、草を食《は》むシマウマの大きな群《む》れが見えます。

「わあ、すごい」リリは首をのばしました。体中が痛《いた》みます。それでも、リリはゾウの背中《せなか》に乗《の》せてもらい、心から感謝《かんしゃ》していました。リリのゾウと並《なら》んで、もう一頭のメスのゾウが歩いています。その上に、イザヤがすわっています。というより、横《よこ》になっています。イザヤはぐっすり眠《ねむ》っています。体が前にたおれ、ゾウの頭におおいかぶさっています。それに、リュックサックがイザヤの顔までずれおち、その中で眠《ねむ》っているシュミット伯爵夫人《はくしゃくふじん》の頭が、イザヤのほおに乗《の》っています。リリは思わず笑《わら》いました。カメラがあればおもしろい写真《しゃしん》が撮《と》れたのに、と思いました。はたから見れば、リリたちのグループは、とてもおかしな集《しゅう》団《だん》に見《み》えるでしょう。ぜんぶで十一頭のメスのゾウがサバンナを行進《こうしん》しています。そのうちの二頭の背中《せなか》には人間が乗《の》り、人間が背負《せお》っているリュックサックの中には犬と猫《ねこ》が入っています。その横《よこ》をピューマが歩き、人間の少女の前には三匹《びき》の小さなミーアキャットがすわっています。

「ムシャムシャ！」チョキは大きな声をあげて、前足でリリのT《ティー》シャツをひっぱりました。

リリはリュックサックを前へまわしました。そして、ボンサイの脇《わき》に手を入れて、バターをぬったパンをとりだすと、これをいくつかにわけて、グーとチョキとパーにあげました。

「おいらも食べたい！」ボンサイもほしがるので、リリはいちばん大きなかけらをあげました。リュックサックには、もう一つパンが入っています。それは、リリが自分で食べました。その間、リリは視線《しせん》をさまよわせました。

サバンナの夜明けはとても美《うつく》しく、うっとりさせられます。リリは、にっこり笑《わら》いました。もう、なにも怖《こわ》くありません。無限《むげん》の広がりの中で、絶望《ぜつぼう》はまったく感《かん》じません。むしろ自由《じゆう》を感《かん》じていました。

リリは下を見ました。「レックス、調子《ちょうし》はどう？」リリはピューマにたずねました。なにしろ、ピューマはゾウと並《なら》んで、夜どおし歩いていたのです。

「世界《せかい》は静《しず》かだ、おお、とても静《しず》かだ」ピューマは答えました。「光がもどり、

星は夜のやみとともに消《き》えた。わたしはたゆみなく歩く。風に運《はこ》ばれて」

「ということは……元気なのね」リリはピューマの考えていることを想像《そうぞう》しました。そして、ピューマがくじけなかったことを、ほめたたえました。ピューマはリリのそばにいるかぎり、撃《う》たれる心配《しんぱい》はありません。けれども、ノッポははなれたところにいるので、気がかりです。

「あと、どれくらい歩くの？」リリはゾウにたずねました。

「じきにつくわよ」ゾウは答えました。

リリは喜《よろこ》びのあまり、声をあげました。「イザヤ！」リリは小声で呼《よ》びました。

「なんだ、なんだ？」イザヤは勢《いきお》いよく体を起《お》こしました。そのはずみでリュックサックが背中《せなか》にもどり、中に入っているシュミット伯爵夫人《はくしゃくふじん》は、乱暴《らんぼう》にリュックサックの底《そこ》へ落《お》とされました。

「失礼《しつれい》な！」猫《ねこ》はキンキン声で文句《もんく》を言うと、ひどく怒《おこ》った顔をリュックサックの口から出しました。「使用人《しようにん》ときたら、礼儀作法《れいぎさほう》というものをご存《ぞん》じないの？

驚《おどろ》くのでしたら、前もって知らせてちょうだい！」

イザヤはきょろきょろし、とまどっています。自分がどこにいるのか、まず、思いださなければなりません。「そうだ、ゾウに乗《の》っているんだった！」

リリはにっこり笑《わら》ってうなずきました。「冒険《ぼうけん》に目がないんじゃなかったっけ？」リリはイザヤをからかいました。けれども、すぐにまじめになりました。

「もうじき、つくわ」リリは、頭の先からつま先まで興奮《こうふん》していました。キリンたちが目的地《もくてきち》の水場にいるかに、すべてがかかっています！

とつぜん、動物《どうぶつ》の声が聞こえてきました。

「キリンの声！」リリはほっとしました。そして、喜《よろこ》びのあまり、リリの声は裏《うら》返《がえ》っていました。「あっちにキリンがいる！」

「ええ、あそこにいるわ」年老《としお》いたゾウも気がつきました。そして、スピードをあげました。「わたしにも聞こえるわ」

ゾウは早足で、何本かの木をふみたおしました。たおれた木々の間から、キリ

ンの角が見えます！　ゾウたちは、ぐるりと木をまわりました。反対側《はんたいがわ》に、やはりいました。ノッポの群《む》れです！　リリはすぐに、見覚《みおぼ》えのあるキリンがいるのに気がつきました。キリンたちは落《お》ちつきはらって木の葉《は》を食べています。

「ゾウだ」一頭のキリンが冷《ひ》やかに言いました。

「キリンだわ」一頭のゾウがつぶやきました。

「あんなおかしなものを見るのははじめてだ」レックスはぼそりと言うと、首の長い動物《どうぶつ》を見つめました。

「おろしてちょうだい」リリはゾウにたのみました。すると、ゾウは太い木の枝《えだ》の横《よこ》に歩みよりました。リリはゾウから木の枝にうつり、そこから地面《じめん》に飛《と》びおりました。ミーアキャットもリリにつづきました。そして、リリよりも器用《きよう》に飛《と》びおりました。

イザヤはゾウの背中《せなか》をすべると、足もかけずにそのまま飛びおりました。

すると、シュミット伯爵夫人《はくしゃくふじん》がさっそく文句《もんく》を言いました。

「わたくしを、ただちにおろしてちょうだい！」猫《ねこ》はうったえました。

通訳《つうやく》してもらわなくても、猫《ねこ》が言いたいことがイザヤにもわかりました。そして、さっそく猫《ねこ》をリュックサックから出してやりました。リリはボンサイを地面《じめん》におろしました。

「わたしたち、もう、もどるわ」年老《としお》いたゾウはリリに伝《つた》えました。「キリンとけんかをしたくないの」ゾウはそう言うと、すぐに反対方向《はんたいほうこう》を向《む》きました。そして、ほかのゾウとともに、左右におしりをゆらしながらひきかえしていきました。

「ありがとう！」リリがゾウのうしろ姿《すがた》に向《む》かって大きな声で言うと、年老《としお》いたゾウは、お別《わか》れのあいさつに鼻《はな》を高くあげました。

リリはノッポをさがしました。さて、どこにいるのでしょうか？　そして、グループのいちばん奥《おく》に、巨大《きょだい》なキリンを発見《はっけん》しました。リリは、元気なノッポの姿《すがた》を見て、安堵《あんど》のため息《いき》をもらしました。それから、大急《おおいそ》ぎでノッポにかけよりました。

そこで、ノッポもリリに気がつきました。「あら、ごらんなさいよ、リリよ！」ノッポは喜《よろこ》び、リリの目の高さまで首を曲《ま》げました。「ここでなにしてるの？　それにしてもふしぎ。あなたにまた会うなんて」

リリは一気に話しました。

「わたしたちがここにいるのは、あなたに危険《きけん》を知らせるためなの」

「それはご親切に」ノッポはお礼《れい》を言いました。「わたしもだれかに危険《きけん》を知らせたことがあるの。どうやって知らせるのがいちばんいいか知りたかったら、わたしがいくつかヒントをあげるけど。大声を出すのは、いつもうまくいくわ。でも、たとえばこんな方法《ほうほう》もいけるわよ。こんなふうに頭をゆするの。でも、それにはちょっぴり練習《れんしゅう》がいるわね」ノッポは息《いき》を吐《は》きだしました。自分にとても満《まん》足《ぞく》しているようです。「助《たす》けが必要《ひつよう》なときには、いつでもわたしをたずねてくれていいからね」キリンはクックックッと笑《わら》いました。

「わからないことがあったら、このノッポにきいてちょうだい！」

「ノッポ！」リリは力強くうったえました。

「わからないの？　あなたに悪《わる》い知らせがあるの！」

ノッポはまつ毛を二回ぱちぱちさせました。「なにかしら？」

「発射《はっしゃ》ギャングって知ってる？」

とつぜん、ほかのキリンたちの顔がリリに向《む》けられました。何頭かは食べるのさえ、やめてしまいました。「あなたは発射《はっしゃ》ギャングと関係《かんけい》あるのかね？」はじめて出会ったときに、リリと話したおばあさんキリンがたずねました。

「なんにもない！」リリははっきり答えました。

「でも、聞いちゃったの。発射《はっしゃ》ギャングが次《つぎ》にだれを撃《う》とうとしているのか」

キリンたちはふしぎそうにリリを見つめました。「だれなの?」

リリは答えたくありませんでした。でも、答えなければなりません。「ノッポ」

キリンたちは体をこわばらせました。

すると、恐怖《きょうふ》のさけび声がひびきました。「なんですって? わたし?」ノッポは毒《どく》グモにさされたように、あとずさりました。「だれかがわたしを撃《う》とうとしている? その人、どこにいるの? ここ?」ノッポの声はどんどんけたたましくなります。「わたし、今すぐ撃《う》たれちゃうの?」

「落《お》ちついて!」リリは両手《りょうて》をあげました。

巨大《きょだい》なキリンは首をはげしくふっています。心を落《お》ちつけることなどできません。「そんなの、いや!」キリンは悲鳴《ひめい》をあげました。次《つぎ》の瞬間《しゅんかん》、ノッポはふりかえり、稲妻《いなずま》のようなスピードでかけだしました。

「ノッポ!」リリはさけびました。「待《ま》って!」

キリンは、悪魔《あくま》に追《お》いかけられているかのように、どんどんスピードをあげました。

　ほかのキリンたちも、そわそわし始《はじ》めました。

「ここにいると撃《う》たれるの？」ほかの一頭がたずねました。

「逃《に》げよう！」別《べつ》のキリンが大声で言うと、やはり、ノッポを追《お》いかけて走りだしました。

　すぐに、残《のこ》りのキリンたちもあとを追《お》うことに決《き》めました。そして、群《む》れのすべてのキリンが猛《もう》スピードでかけだしました。

「待《ま》って！」リリはさけびました。

「そっちじゃない！　そっちはちがう方向《ほうこう》よ！」

　けれども、キリンたちは気が動転《どうてん》し、リリの注意《ちゅうい》を聞かずに走りさりました。

　リリも少しばかり追《お》いかけましたが、キリンの足が速《はや》すぎて、とても追《お》いつきません。リリはキリンに向《む》かって声をかぎりにさけびました。でも、無駄《むだ》でした。

　リリは驚《おどろ》いてイザヤを見ました。イザヤも、ぼうぜんとしています。

「農場《のうじょう》のある西に向かって、かけていっちゃったよ！」イザヤはさけびました。

「そのまま走っていったら、シュトルツベルガーに会うぞ！」

「東に行かなければならないのに！」リリは地面《じめん》にひざをつきました。

「このままではシュトルツベルガーにつかまっちゃう！」リリはしゃくりあげました。どうして失敗《しっぱい》してしまったのか、自分でも理解《りかい》できませんでした。

イザヤは木によじのぼりました。「くそ！　ゾウたちもいない」イザヤは木から飛《と》びおりると、リリのほうへやってきました。

リリは絶望的《ぜつぼうてき》な表情《ひょうじょう》でイザヤを見つめました。「これからどうしよう？」

イザヤは、頭のうしろをせかせかかきました。

「なんとかキリンに追《お》いつくんだ」

リリは苦々《にがにが》しく笑《わら》いました。「空飛《と》ぶじゅうたんでもあるの？」リリは、荒《あら》っぽくなみだをぬぐいました。ノッポの命《いのち》を救《すく》える貴重《きちょう》なチャンスをしくじってしまいました。

「ボンサイに追《お》いかけさせても、どうにもならないもんなあ。キリンと話せないからね……」イザヤは必死《ひっし》にこめかみをこすって考えました。「ほかの動物《どうぶつ》をさがすしかない。すぐにひきかえすよう、キリンに伝《つた》えられる動物《どうぶつ》を」イザヤは集《しゅう》中《ちゅう》しています。それから、リリを見つめて言いました。

「ぼくが目を覚《さ》ます前に、なにか動物《どうぶつ》を見なかった？」

「見たけど」リリは鼻《はな》をすすりました。「でも、シマウマの群《む》れを一つだけ」

しばらくリリを見つめたイザヤの顔に、笑顔《えがお》が広がりました。

「なんなの？」リリはたずねました。「シマウマはキリンと話せないのよ」

「それはそうだけど」イザヤは満面《まんめん》の笑《え》みです。「でも、ぼくらをキリンのもとへ連《つ》れていってくれる。ゾウにだって乗《の》れたんだ。シマウマにだって乗《の》れるよ」

野生動物《やせいどうぶつ》の群《む》れ

「シマシマ野郎《やろう》を見つけるなんて、朝飯前《あさめし》さ！」ボンサイはワンワンほえると、鼻《はな》を高くあげて、かけだしました。ほかのみんなもつづきます。

とちゅうでゾウが見つかるよう、リリはひそかに願《ねが》っていました。ボンサイには、ゾウのにおいも追《お》いかけるようにたのんでありますそれというのも、シマウマたちが、背中《せなか》に乗《の》られるのを喜《よろこ》んで受《う》けいれてくれるか、自信《じしん》がなかったからです。

みんなはひた走りました。レックスも文句《もんく》を言わずに、並《なら》んで走っています。ピューマはひどく危険《きけん》を感《かん》じています。そのために、まちがった世界《せかい》でひとりでがんばるよりも、たとえくたくたであろうと、みんなといっしょにいるほうがましだと思っているのかもしれません。

「あそこだ！」ボンサイはキャンキャン鳴きました。

リリたちは、小高い丘《おか》の上にかけあがりました。ここからは谷が見下ろせます。大きな群《む》れをなすシマウマが、草を食べています。リリは胸《むね》をつまらせました。悲《かな》しみがこみあげてきます。シュトルツベルガーに撃《う》たれたシマウマは、この群《む》れの仲間《なかま》だったのでしょうか？

群《む》れの中の一頭が顔をあげました。それから二頭目が、そして、三頭目が顔をあげました。一頭目のシマウマがいななきました。けれども、馬の声とは似《に》ていません。キーという音と、ロバのヒーンという鳴き声がまざりあったような声です。「気をつけろ！　南の丘《おか》に、見知らぬやつらがいる！」

「気をつけろ！」別《べつ》の一頭がさけびました。つづいて、もう一頭が、そして、さらにもう一頭がさけびました。十秒後《びょうご》には、たくさんのシマウマがさけんでいました。「気をつけろ！」

シマウマの声は、ちょっぴり裏返《うらがえ》った笑《わら》い声のようです。

ボンサイはそれを聞いて笑《わら》いました。「いかしてるぞ」

「シマウマのところまでおりよう」イザヤは提案《ていあん》しました。「逃《に》げられる前に！」

「そんな時間はないわ」そこで、リリは息《いき》をすいこみました。「シマウマたち！」

リリはシマウマの群《む》れに大声で呼《よ》びかけました。

「わたし、リリ。動物《どうぶつ》と話せるの。あなたたちに力をかしてほしいの」

シマウマたちは、リリを見つめました。それから、一頭が言いました。「力をかしてほしいって、ほんとうなの？　かしてほしいのは力じゃなくてシマじゃないの？　冗談《じょうだん》はさておき、それにしても、きみってひどいかっこうしてるよね」

ほかのシマウマたちの間で、そうだ、そうだ、と声がわきおこりました。

「わたし……これがふつうの姿《すがた》なの」リリは答えました。

「わたしたち、キリンのグループをさがしているの」

ちょうどそのとき、レックスがリリの横《よこ》に歩みでました。すると、群《む》れの中を悲鳴《ひめい》がかけぬけました。「殺《ころ》し屋《や》だ！」何頭かのシマウマが声をあげました。

リリは両手《りょうて》をあげてしずめようとしました。「ここにいるのはわたしの友だち

よ。心配《しんぱい》しないで。あなたたちにはなにもしないから！」

「おいらもなにもしないよ」ボンサイは、鼻《はな》をひくつかせながら、気前よく言いました。

「まあ、きみがそう言うなら……」一頭のシマウマが鳴きました。

「ここの草をわけてやるよ。みんなの分もじゅうぶんあるぞ」

ほかのシマウマは、ぼやいています。

「食べられないことはないけど、土がからからで、草はふにゃふにゃだよ」

「で、なにを助《たす》けてほしいんだ？」三頭

目のシマウマが、話題《わだい》をもどしました。

「シマ！」となりのシマウマがしつこく言いました。

けれども、四頭目が言いました。

「ぼくらは、キリンを見つけるのがうまくない」

「そう、できないよ。どうしてキリンなんてさがしているんだ？」五頭目が言いました。「連中《れんちゅう》は、なんでも食べちゃうんだよ！」

「そうかしら？　いつも上のほうしか食べないじゃない！」別《べつ》のシマウマが言いかえしました。

「ぼくが上のほうを食べたいときには、なんにもないんだよ！」

どのシマウマがなにをしゃべっているのか、リリはわからなくなってしまいました。「キリンのグループの中の一頭が、わたしの友だちなの。それで……助《たす》けてあげなければならないの」リリは説明《せつめい》しようとしました。「だから、その……」

そこで、リリは口ごもりました。けれども、勇気《ゆうき》を出して言いました。

「あなたたちに、キリンのところへ連《つ》れていってもらえたら、助《たす》かるんだけど」

「へ？」四番目のシマウマが驚《おどろ》いています。

「言ったじゃないか。ぼくらには見つけられないって！」

「わたしの犬が見つけるから」リリは答えました。

「とても鼻《はな》がいいの。先頭を走るから、だいじょうぶ」

「もちろん！」ボンサイはワンワンほえました。「おいらと走るのがベストさ」

「わたしは発言《はつげん》する！」レックスが言いました。「わたしの鼻《はな》もすぐれた嗅覚《きゅうかく》をさずかっている。みなに伝《つた》えよう。わたしにも首の長い連中《れんちゅう》を見つけられるぞ」

リリはとても驚《おどろ》きました。

一頭のシマウマが耳をうしろに向《む》けました。

「そこの殺《ころ》し屋《や》、なにうなってるんだ？」

「ピューマもキリンを見つけるのが上手なの」リリは答えました。

シマウマたちはぶつぶつ言いました。「それなら、なんのためにわたしたちが

必要《ひつよう》なのよ。どうして、そこのにおいかぎの名人たちについていかないのよ」

「あなたたちのほうが、わたしたちよりもずっと走るのが速《はや》いからよ」リリは言いました。「どうしても、キリンに追《お》いつかなければならないの。でも、わたしたち人間の足ではとてもむり」

たくさんのシマウマの目が、リリとイザヤの足に向《む》けられました。

「そうかもね」群《む》れの中の一頭が言いました。

「ほんとうに、足、二本しかないの？」ほかのシマウマがたずねました。

「そうよ、残念《ざんねん》だけど」さてここで、リリはほんとうのお願《ねが》いを伝《つた》えなければなりません。「だから、お願《ねが》いしたいの。乗《の》せてもらえるかな？」

シマウマたちは意味《いみ》がわからず、リリを見つめました。

「背中《せなか》にすわらせてほしいの」リリは説明《せつめい》しました。

「あなたたちが、わたしたちを背中《せなか》に乗《の》せて走るのよ」

「そんなおかしな話、聞いたことがない」一頭のシマウマがさけびました。

「あなたたちが、わたしたちの背中《せなか》にすわる、そうなの?」

「そうね。でも、うまくいくと思う」リリは言いました。「慣《な》れればきっと平気《へいき》」

「まあいいだろう」一頭のシマウマが前へ出ました。「ぼくの背中《せなか》に乗《の》ってみなよ。でも、ぼくがこれはだめだと思ったら、やめてよね」

「わかったわ!」リリはイザヤにうなずきました。そして、みんなはいっしょに、ゆっくり丘《おか》をおりていきました。何頭かのシマウマは、〝殺《ころ》し屋《や》〟レックスがリリと並《なら》んで歩いているのを、怖《こわ》がっています。

リリはシマウマを安心《あんしん》させようとしました。

「ピューマは、ほんとうになにもしないわよ。約束《やくそく》する」

レックスはとまどっていました。「わたしが彼《かれ》らを食べやしないか、考えているのだな?」レックスは考えこみました。「食べたほうがいいのか?」

「だめ!」リリは小声で、きっぱりと言いました。

もう一頭のシマウマが、前へ出てきて言いました。「きみの二本足の友だちは、

ぼくの背中《せなか》にすわるといい」

リリは感謝《かんしゃ》をこめて、シマウマをなでました。「ありがとう。それでは、挑戦《ちょうせん》してみましょう」幸《さいわ》いにも、イザヤとリリは乗馬《じょうば》が上手です。ドイツの家では、一週間に一度《ど》は、ヤンセン乗馬牧場《じょうばぼくじょう》に通っています。

リリはシマウマの短《みじか》いたてがみをしっかりにぎると、はずみをつけて背中《せなか》に飛《と》びのろうとしました。けれども、うまくいきません。

「痛《いた》いじゃないか！」シマウマは文句《もんく》を言いました。

「ごめんなさい」リリはもう一度《ど》やり直しました。こんどはうまくいきました。今まさに、シマウマの背中《せなか》にすわっています！

「うわあ！」リリを乗《の》せたシマウマは、落《お》ちつきをなくし、その場でおどるようにはねました。それから、うしろ足で立ちあがりました。

「いやだ！　これはひどい！」

リリはたてがみをつかんで、なんとか持《も》ちこたえました。そうでなければ、ふりおとされていたでしょう。今、リリは、なにがなんでも冷静《れいせい》でありつづけなければなりません。「わかるわ。奇妙《きみょう》よね」リリはシマウマの耳元でささやきました。「でも、お願《ねが》いよ。キリンのところまで運《はこ》んでいって。一生、感謝《かんしゃ》するから」

「なんてこった」シマウマはため息《いき》をつきました。「わかったよ。挑戦《ちょうせん》してみる」

「わたくしを、ただちに輿《こし》に乗《の》せるよう、命《めい》じます！」シマウマの足に囲《かこ》まれて、居心地《いごこち》の悪《わる》さを感《かん》じているシュミット伯爵夫人《はくしゃくふじん》の声がひびきました。

リリが通訳《つうやく》すると、イザヤは猫《ねこ》をリュックサックに入れてやりました。

その間に、リリは急《いそ》いで考えました。「あなたたちもリュックサックに入ったほうがいいわ」リリはグーとチョキとパーに言いました。小さなミーアキャットたちがシマウマの群《む》れにまざって走っていたら、あっという間にけ散《ち》らされてしまうでしょう。ほんとうは、ボンサイにとっても危険《きけん》です……。

とつぜん、リリはひどく不安《ふあん》になってきました。これからしようとしていることは、危険《きけん》すぎるのではないでしょうか？　ピューマが走りだしたら、シマウマ

の群《む》れはパニックにおちいるかもしれません。そんなことになったら……。

イザヤは手をのばしました。「リュックサックかして」

リリは自分のリュックサックをイザヤにわたしました。イザヤはミーアキャットを中に入れて、リリに返《かえ》しました。ミーアキャットたちはおもしろがっています。「おお！」三匹《びき》はうれしそうにさけんでいます。

それから、イザヤもシマウマのたてがみをつかむと、勢《いきお》いをつけて飛《と》びのろうとしました。やはり、イザヤも一度《ど》目は、うまくいきませんでした。すると、シマウマはさわがしくなりました。ゾウは人間を背中《せなか》に乗《の》せるのに抵抗《ていこう》しませんでしたが、シマウマはそうはいきません。

リリはイザヤのシマウマに呼《よ》びかけました。

「へんな感《かん》じよね。でも、できるだけ静《しず》かにしててね」

「してるよ！　すごくリラックスしてる！」そうは言うものの、シマウマのふさふさの尾《お》は、神経質《しんけいしつ》にパタパタと強くゆれています。

そして、イザヤの二度目《ど》の挑戦《ちょうせん》は成功《せいこう》しました。今、イザヤもシマウマの背中《せなか》にすわっています。

すると、シマウマはいななき、とつぜん、かけだしました。「ひゃあ、わああ！」

「追《お》いかけて！」リリが自分のシマウマにさけぶと、シマウマはすぐに走りだしました。「ボンサイ！　レックス！」次《つぎ》に、リリは下に向《む》かってさけびました。犬とピューマはリリのシマウマと並《なら》んで走りながら、問《と》いかけるように見上げています。

「先頭を走って！　キリンがどこにいるか、シマウマたちに教えてあげて！」

ボンサイとレックスは指示《しじ》されたとおり、さっそく先頭に出ました。リリとイザヤのシマウマのすぐうしろを、ほかのシマウマたちが追《お》いかけています。衝撃《しょうげき》が走ったかのように、とつぜん、群《む》れのほかのシマウマたちも突進《とっしん》し始めました。

リリの体はカッと熱《あつ》くなり、同時にぞくぞくしてきました。こんなに大きな群《む》れの先頭を走るのは、息《いき》をのむほど魅力的《みりょくてき》です。でも、その一方で、むちゃくちゃ

なことをしていることに、今さら気がつきました。何百ものひづめが空を切り、地面《じめん》をたたきます。ボンサイは、とても小さな犬です！　もし、シマウマのひづめに当たったら、どうなってしまうのでしょうか？

そのとき、リリは気がつきました。ボンサイは、もうれつなスピードで先頭をかけていきます。レックスにも負《ま》けないくらいのスピードで。どちらの方向《ほうこう》にかけていくのか、犬にもピューマにも、はっきりわかっているようです。

「うまくいったぞ！」イザヤはリリにさけびました。

「そうね！」リリは笑《わら》いました。リリは今、ほ

んとうにシマウマの背中《せなか》に乗《の》ってサバンナを移動《いどう》しています。このまま進《すす》めば、じきにキリンにも追《お》いつくでしょう。

ところが、そのとき、リリのシマウマがいなきました。「これ、おかしいよ！」人を乗《の》せるのに、どうしても慣《な》れないようです。

「わかるわ」リリはうしろめたい気分になりました。そのとき、リリはさけびました。「待《ま》って、なにしてるの？」自分が乗《の》っているシマウマが、ボンサイとはちがう方向《ほうこう》に走りだしました。

イザヤのシマウマも、リリのうしろを走っています。こうして、イザヤのシマウマも、あっという間にコースをはずれてしまいました。イザヤは、乗馬《じょうば》のテクニックでシマウマに走る方向《ほうこう》を伝《つた》えようとしました。けれども、シマウマはもちろんそんな合図には応《こた》えてくれません。

「めちゃくちゃ、おかしい！」リリのシマウマはけたたましくさけびました。

そこで、リリはさとりました。シマウマからおりなければなりません。シマウ

マたちには、あまりにも負担《ふたん》が大きすぎたのです。リリは動物《どうぶつ》たちを苦《くる》しめたくありませんでした。

「おりるわ！」リリはシマウマに言いました。「もうたくさんだ！」

「よし！」シマウマは答えました。

「オーケー、止まって！」

「できないよ！」シマウマは答えました。「ぼくのうしろをみんなが走ってる。ここで止まったら、みんながなだれこんでくる！」

なにが起《お》こっているのか、イザヤにはわかりました。

「ぼくたちのシマウマに、脇《わき》へよけるよう、伝《つた》えて！」

そのときです。とつぜん、イザヤのシマウマが、反抗《はんこう》し始《はじ》めました。「そうはいかない。すぐにどいてくれ！」シマウマは荒《あら》い鼻息《はないき》をたてました。「おりろ！」

「だめ！」リリはこの状況《じょうきょう》がどれほど危険《きけん》かすぐに気がつき、さけびました。

イザヤは青ざめ、必死《ひっし》になってたてがみにしがみつきました。けれども、シマウマはもう一度《ど》、強く頭をふり、そのひょうしに、イザヤはつきもどされて、地《じ》面《めん》に落《お》ちてしまいました。

リリは、イザヤが勢《いきお》いよく地面《じめん》に投《な》げだされたのに気がついて、全身《ぜんしん》をこわばらせました。うしろのシマウマたちが、猛《もう》スピードで接近《せっきん》します。手をうつ時間はありません。シマウマたちはイザヤをふみつぶし、けがをさせてしまうのでしょうか？

そのとき、疾走《しっそう》するシマウマたちは、タイミングよくイザヤに気がつきました。そして、大きくジャンプし、イザヤを飛《と》びこえました。つづくシマウマたちも二手にわかれ、イザヤの両脇《りょうわき》をかけぬけていきます。

「ストップ！」リリは自分のシマウマにさけびました。

「できない！」シマウマはうろたえています。

「脇《わき》へよけて！」

やがて、リリのシマウマは、言われたとおり、群《む》れの横《よこ》に出ました。スピード

がゆるむと、リリは飛《と》びおりました。シマウマはたてがみをふりました。

そして、「ごめんよ」とせわしなく言うと、ごきげんに走りだしました。

「ちがうわ、わたしこそ、ごめんなさい」リリは言いました。それから、リリはイザヤをさがしました。少しはなれた地面《じめん》にうずくまっています。リリは急《いそ》いでイザヤのもとへかけつけました。リリの体はひどくきんちょうしていました。

イザヤは足をおさえています。シュミット伯爵夫人《はくしゃくふじん》は、そばの草むらの中にすわり、しょんぼりしています。イザヤが落下《らっか》したときに、リュックサックから落《お》ちてしまったのです。幸《さいわ》い、けがはしていないようです。

リリはイザヤの前にひざまずきました。「イザヤ！　けがしたの？」

「足が……！」イザヤはうめきました。

足をけがしただけなら、不幸中《ふこうちゅう》の幸《さいわ》いと言えるかもしれません。走っている動《どう》物《ぶつ》から落《お》ちた場合《ばあい》、全身《ぜんしん》を骨折《こっせつ》してしまうことだってあるのです！

「見せて」リリは、イザヤが靴《くつ》をぬぐのを手伝《てつだ》いました。

「うわっ、たいへん！」リリは思わず言いました。足首が、またたく間に腫《は》れあがりました。「動《うご》かせる？」

イザヤはなんとか、左右に動《うご》かしてみました。目にはなみだがうかんでいます。そうとう痛《いた》むのでしょう。

「それでも、足の先がまわせるということは、折《お》れてはいない」リリは言いました。このことを、リリはパパから学んで知っていました。

「よかった」イザヤは歯《は》を食いしばって言いました。

「ヒイヒイ！」チョキが鳴きました。ミーアキャットたち

は、リリのリュックサックから飛《と》びだし、首をかしげてイザヤの足を観察《かんさつ》しています。「ズキズキ！」

ボンサイとレックスも、やってきました。

「シマシマ野郎《やろう》たち、勝手《かって》にほかのところへ行っちゃったよ！」ボンサイは文句《もんく》を言いました。「あいつらは、なんでもまちがうんだ」

レックスはリリに頭をこすりつけました。「不安《ふあん》がきみをとりまく。わたしは感《かん》じる。だが、弱気《よわき》になるな！　わたしがそばにいる」ピューマはリリの横《よこ》に立ちました。「きみの味方《みかた》でいたい。きみを守《まも》る、だいじょうぶだ！」

リリは体をふるわせながらピューマをだきしめました。そして、しばらくの間、ピューマに自分の体をあずけました。

「おいらにもつかまっていいんだよ」ボンサイが言いました。

そこで、シュミット伯爵夫人《はくしゃくふじん》の声がひびきました。「この冒険《ぼうけん》は、そっこく終了《しゅうりょう》でございます！」猫《ねこ》はニャアと鳴きました。

「わたくし、決《き》めました。ただちにうちへ帰ります。もう、うんざりです！」

リリは絶望的《ぜつぼうてき》な目で猫《ねこ》を見つめました。リリも限界《げんかい》だと思いました。これまでに体験《たいけん》したことのない窮地《きゅうち》におちいっています。ノッポも救《すく》っていません。それに、レックスを助《たす》ける方法《ほうほう》もわかりません。おまけに、イザヤも歩けなくなってしまいました。みんなはサバンナの真《ま》ん中《なか》で、とほうにくれました。

ティモ

「もう！」リリは、いらいらして、石をけとばしました。

「ママは正しかった。ここはうちとちがって、動物《どうぶつ》たちがどんなふうに行動《こうどう》するかわからない。あんなに大きな群《む》れだと、どうしたって予想《よそう》できない。わたしは、そばにいるみんなを危険《きけん》にさらしてしまった。ママが言ってたように！」

「シマウマのことは、ぼくひとりで考えたんだよ。うまくいったはずなんだけどなあ」イザヤは言いました。ふたりは木《こ》かげに並《なら》んですわっていました。イザヤはリリに助《たす》けられ、少しでも日の当たらない場所《ばしょ》へ、片足《かたあし》ではねながら移動《いどう》したのです。イザヤは遠くを見つめて言いました。

「運《うん》が悪《わる》かったんだ。挑戦《ちょうせん》した価値《かち》はあったよ」

「でも今、わたしたちはここにすわっているだけで、どこにも行けない。急《いそ》いでなにか方法《ほうほう》を考えないと、ノッポが撃《う》たれちゃう！」けれども、ふたりになにができるでしょうか。イザヤの足首は、ダチョウの卵《たまご》のようにふくれています。

「リリ」ボンサイが声をかけました。「おいら、ちょっくら歩いてこようか。もしかしたら、役《やく》に立ちそうなものが見つかるかもしれないよ」

リリは悲《かな》しそうにほほえみました。「ボンサイ、あなたはほんとうに勇気《ゆうき》があるわね。でも、ひとりで歩きまわってほしくないの」リリは答えました。「だって、サバンナのことをよく知らないでしょ。それに、あなたの毛は白いし。イチゴ畑《ばたけ》の中に雪のかたまりがあるみたいに、目立っちゃう。わたしがそばにいないと、ほかの動物《どうぶつ》たちが、あなたをお昼ごはんとまちがえちゃうかもしれない」

「なんてこった」小さな犬はうなりました。けれども、リリに言われたとおり、ひとりで出かけないほうがいいとわかったようです。

「わたくし、ただちにここをはなれとうございます！」シュミット伯爵夫人《はくしゃくふじん》は、もう一度《ど》知らせました。「わたくしのためのサプライズはみごとに成功《せいこう》しましたわ、スーゼウィンド嬢《じょう》。これ以上《いじょう》、ここでぶらぶらしている理由《りゆう》はございません」

そこに、レックスがやってきました。「わたしはあなたのそばにやってきた、シュミット伯爵夫人《はくしゃくふじん》。ゴロニャン淑女《しゅくじょ》の中で、もっともシュミットしている貴婦人《きふじん》のあなたに、厚《あつ》かましくも、わたしが説明《せつめい》させていただきます。こちらの二本足の男性《だんせい》は、ひどく足が悪《わる》いのでございます。ぐったりしておられる」

「ええ、ぐったり、おお、おお、それはもう、ぐったり！」シュミット伯爵夫人《はくしゃくふじん》は文句《もんく》を言いました。

リリは重苦《おもくる》しいため息《いき》をつきました。「足の具合《ぐあい》はどう？」

イザヤは口をゆがめました。「痛《いた》い」

ミーアキャットのグーがリリのズボンをつまみました。おなかをすかせているのでしょうか？　ところが、なにやらほかのことを伝《つた》えようとしているようです。

「おっきいの、パクッ！」ミーアキャットはさけびました。

リリはひたいにしわをよせました。「どういう意味《いみ》？」

グーは同じ言葉《ことば》をくりかえすと、少しはなれたところへ走っていき、それからもどってきました。「パクッ！」

リリには、ミーアキャットがなにを伝えようとしているのかわかりません。

「パクッて、なにかをつかまえるの？」

「おっきいの！」グーは、かん高い声で言いました。「ぼくたち……おっきいの……パクッってつかまえる！」

「あなたが大きななにかをここへ連《つ》れてくるということ？」

リリのまゆ毛が高くあがりました。すると、イザヤが耳をそばだてました。そばにいるパーも注意深《ちゅういぶか》くなりました。チョキは、少しはなれたところで見張《みは》りをしています。

「大きいって、どんなもの？」リリはたずねました。「キリン？」

「ちがう、サル！」グーは、またもや少しはなれたところへ走っていき、それからもどってきました。「お助《たす》け巨人《きょじん》、パクッ！」

「お助《たす》け巨人《きょじん》？」リリは下唇《したくちびる》をかんで考えこみました。グーが話しているのがど

の動物《どうぶつ》のことか、リリにはわかりません。おとなのミーアキャットでしょうか？わからないけれど、呼《よ》んできてもらったほうがよさそうです。「わかった。それなら、お助《たす》け巨人《きょじん》を呼《よ》んできて！」リリは言いました。「パクッてつかまえて」リリが言うと、イザヤは笑《わら》いました。イザヤの笑《わら》い声はあっという間に消《き》えてしまいました。それでも、短《みじか》い間とはいえ、リリの中で希望《きぼう》がめばえました。リリとイザヤはまったく孤独《こどく》ではありません。六匹《ぴき》のすばらしい動物《どうぶつ》たちが、なんとか、ふたりを助《たす》けようとしてくれています。

とはいえ、今のシュミット伯爵夫人《はくしゃくふじん》は、そんなふうには見《み》えません。猫《ねこ》は耳をうしろにたおして、不満《ふまん》をたらたらとつぶやいています。それでもリリは、出口が見つかるかも、と希望《きぼう》をいだいていました。

グーとパーは走りだしました。それにチョキも加《くわ》わりました。ミーアキャットたちはまだ幼《おさな》いものの、サバンナのようすはここにいるだれよりも知っていますす。ですから、リリは、ミーアキャットだけで行動《こうどう》するのを、それほど心配《しんぱい》しませんでした。それにしても、なにを連《つ》れてくるのでしょうか。そして、その動物《どうぶつ》が、ほんとうにリリたちを助けてくれるでしょうか？　その間にも、シュトルツベルガーが、ノッポをつかまえてしまうかも、と考えると、リリはいても立ってもいられない気《き》持《も》ちになりました。

イザヤはリリに腕《うで》をまわしました。「なんとかなるさ」

リリはイザヤに体をあずけました。そのとき、自分がひどくつかれているのに気がつきました。それからすぐに、リリは眠《ねむ》りに落《お》ちました。

リリは目を覚《さ》ましました。イザヤの腕《うで》はそのままです。そして、イザヤの頭はリリの頭にもたれかかっています。ひざの上で、ボンサイとシュミット伯爵《はくしゃく》夫人《ふじん》がくつろいでいます。リリは、白と赤茶色のとらじまの毛が、もつれるようにかたまっているのを見て、ほんの一瞬《いっしゅん》、ほほえみました。

リリは体を起《お》こしました。少しはなれた低木《ていぼく》のかげで、レックスがしんぼう強

く待っています。

「昼は明るい。そよ風が暖《あたた》かい」

ピューマは低《ひく》い声で言いました。

「だが、わたしは休まない。いや、わたしはきみらが不審《ふしん》なものにおそわれないよう、見張《みは》っていた。耳を立て、目をするどくし、注意深《ちゅういぶか》く」

リリはピューマに感謝《かんしゃ》の気持《きも》ちをこめて言いました。「あなたはすばらしい」

「ちがうよ。すばらしいのはおいらだよ！」ボンサイは、リリのひざから飛《と》びおり、ヘッヘッヘッヘッと息《いき》をはずませました。リリはボンサイをかいてやりました。

シュミット伯爵夫人《はくしゃくふじん》も目を覚《さ》まし、体をのばしました。そして、イザヤをおしました。「心地よくございません！」猫《ねこ》は文句《もんく》ばかり言っています。それから、

ため息《いき》をつきました。「まったくもう、まだ、わたくしたちはここにおりますの？」

イザヤは猫《ねこ》をなでると、それから、自分の足の具合《ぐあい》をみました。よくはなさそうです。これではとても歩けそうにありません。おばあちゃんの松葉《まつば》づえがここにあったら……。

レックスはため息《いき》をつくと、頭を前足の上にのせました。おいしげる木の葉《は》にかくれて、ピューマの姿《すがた》はほとんど見えません。

そのとき、リリは、ミーアキャットたちがこちらに向《む》かって走ってくるのに気がつきました。グーとチョキとパーが、猛《もう》スピードで走《はし》っています。ひどく興奮《こうふん》しているように見えます。「バン」チョキが遠くからさけびました。

「やったあ！」グーが熱《あつ》くなっています。

三匹《びき》のミーアキャットが到着《とうちゃく》しました。そして、リリのまわりではしゃぎまわっています。「わーい！　わーい！　わーい！」

「なんて言ってるの？」イザヤはたずねました。「ほかの動物《どうぶつ》を呼《よ》んできたの？」

「わからない」リリは三匹《びき》のかがやく目を見ました。「どうして喜《よろこ》んでいるの？」

すると、静《しず》かな足音が聞こえてきました。「だれか来る！」影《かげ》が近づいてきます。

それは、二本足の影《かげ》――人間です。はじめ、目の前に立たれたときには、逆光《ぎゃっこう》でその顔が見えませんでした。黒人の少年です。短《みじか》いズボンとサンダルをはき、首に太いネックレスをかけています。ほかにはなにも身《み》につけていません。少年の髪《かみ》は両《りょう》サイドがそぎ落《お》とされ、頭の上の部分《ぶぶん》は、太いロープのようにおしゃれに編《あ》まれています。

「ジャジャーン！」グーは、ほこらしげに声をあげました。

リリは立ちあがりました。「ハロー」リリは驚《おどろ》いて少年にあいさつしました。

「わたしたち……あなたは……あなたはここの人？」リリはつかえながら言いました。そのときに、気がつきました。少年は、リリの勘《かん》ちがいでした。リリがなにを言っているのか、わからないのでしょう。けれども、それはリリの勘ちがいでした。

「ハロー」少年は返事《へんじ》をすると、ちょっぴり笑《わら》いました。

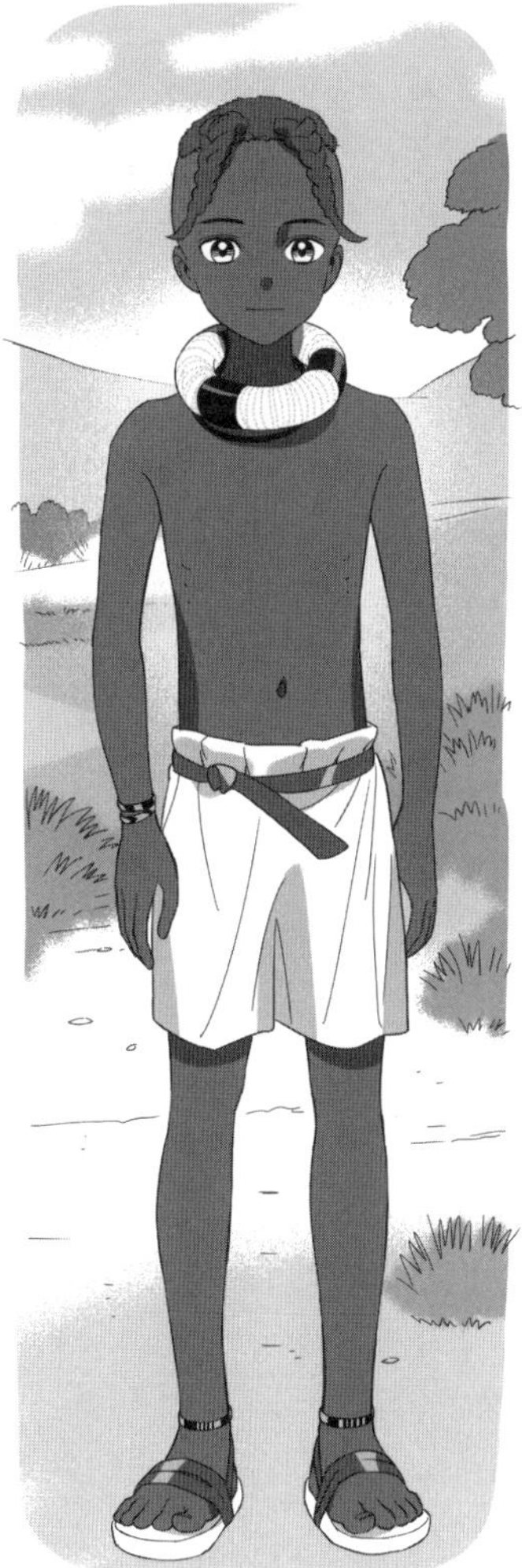

ティモ

「そう、ぼくはここに住《す》んでいる。見ればわかるだろう？」

「ドイツ語を話すのね！」

少年はうなずきました。「ドイツ学校に通っているんだ」

「どうやって、ぼくたちを見つけたの？」イザヤがたずねました。

少年は、質問《しつもん》の答えが奇妙《きみょう》であるかのように、みょうな顔つきをしました。

「家畜《かちく》の世話《せわ》をしていたら、急《きゅう》に、そこの三匹《びき》のミーアキャットが、ぼくらのまわりで飛《と》びまわりだしたんだよ。なにかを見せたがっているみたいにね」少年は

ひたいにかかったねじれた髪《かみ》をなでました。「ミーアキャットがこんなことをするのを、はじめて見たんだ。だから、ついてきた」

「それは……すばらしい」リリはぎこちなく言いました。まだ信《しん》じられません。ほんとうに、ミーアキャットが人間を連《つ》れてきてくれるとは。でも、ミーアキャットたちは、ここにいるだれよりも、この地域《ちいき》のことを知っているはずです——もちろん、この少年のことも。少年は好奇心旺盛《こうきしんおうせい》なまなざしで、みんなを見ました。

「ぼくの名前はティモテウス。ティモだよ。きみたちは？」

「わたしはリリアーネ。リリよ」リリは答えました。「そして、こちらはイザヤ」

「きみ、けがしてるね」ティモは気がつき、イザヤの横《よこ》にひざまずいて足の状態《じょうたい》を見ました。そして、すぐに立ちあがり、数歩先にある低木《ていぼく》に近づいていきました。木の下で、レックスが横《よこ》になっていますが、ティモは気がつきません。ピューマはおいしげる葉《は》の中にうまくかくれていました。見えるのは目だけ。それも、じっくり見ないとわかりません。ティモは木のそばにしゃがんで、なにかをさがしています。

レックスはふしぎそうに、リリに視線《しせん》を投《な》げかけたので、リリは両手《りょうて》をあげて、じっとしているよう、サインを送《おく》りました。

ティモは首をふりました。不満《ふまん》そうです。

リリはティモのそばに行き、少年が見つめているものに気がつくと、これ以上《いじょう》ないくらいに驚《おどろ》きました。ティモは、茶色い斑点《はんてん》のついた、小さな黄色っぽい植《しょく》物《ぶつ》の前にしゃがんでいます。「ハクントゥ！」リリは思わず言いました。

「知ってるの？」ティモは驚《おどろ》いています。「ハクントゥは有名《ゆうめい》な植物《しょくぶつ》じゃないのに」

「わたしのパパは自然療法士《しぜんりょうほうし》なの」

そう言われても、ティモはさっぱりわけがわからず、肩《かた》をすくめました。

「イザヤ！」リリはさけびました。「わたしたち、ずっとハクントゥのそばにすわってたの。それなのに、気づいていなかった！」

「それはすごい！」イザヤは、できることならリリとティモのそばに行き、その

めずらしい植物《しょくぶつ》を自分の目で見たかったことでしょう。「花は咲《さ》いてる？」

「そうだった、花よね」リリは、パパが言っていたことを思いだしました。打撲《だぼく》やねんざに効《き》くのは、ハクントゥの花です。

「残念《ざんねん》だけど、咲《さ》いてない」ティモは答えました。

「まだ花の咲《さ》く時期《じき》じゃない。葉《は》っぱだけしかない。でも、これも効《き》くんだよ。花ほどじゃないけどね。なにもないよりましさ」

リリは迷《まよ》うことなく言いました。「待って。わたしがなんとかできるかも」

「どうやって？」ティモは笑《わら》いました。「魔法《まほう》で花を咲《さ》かせるの？」

「まあ、似《に》たようなことよ」リリは小さな植物《しょくぶつ》の茎《くき》に手を当てると、集中《しゅうちゅう》しました。それから数秒後《すうびょうご》、リリは植物《しょくぶつ》の生命《せいめい》の流《なが》れを感《かん》じたような気がしました。そこで、心の中で自分の中にあるエネルギーを送《おく》りだしました。すると、茎《くき》がゆっくりのび始《はじ》めました。葉《は》も大きくなり、緑《みどり》も濃《こ》くなり、茶色い斑点《はんてん》もかがやきを増《ま》していきました。

ティモはあとずさりました。「きみ、ほんとうに魔法《まほう》が使《つか》える！」ティモは大きな声で言うと、ひきつけられているのか、恐《おそ》れおののいているのか、自分に問《と》いかけました。「すごいなあ。花も咲《さ》かせられるの？」

「花が咲《さ》くのは、笑《わら》ったときだけなの」リリは説明《せつめい》しました。

ティモはうたがわしそうにリリを見つめました。「きみが手を当てると、植物《しょくぶつ》が大きくなる。それに笑《わら》うと花が咲《さ》くって？　どうしてそんなことができるの？」

「それは、わたしにもわからない」リリは軽《かる》く肩《かた》をすぼめました。「でも、今ほど、花を咲《さ》かせることが必要《ひつよう》とされたことは、これまでなかったの」リリは助《たす》けを求《もと》めてイザヤを見ました。「おもしろいジョーク、なにか知らない？」

「あるよ、きっと。ちょっと待《ま》って……」イザヤは頭のうしろをかいて考えてから、言いました。「どうしてハチはいつも、ブンブンってハミングしてるんだ？」

イザヤはにやりとしました。「それは、歌詞《かし》をわすれちゃったから」

リリは、なんとか笑《わら》おうとしましたが、このジョークには、心から笑《わら》えません。

そこへ、ボンサイが小走りでやってきました。「リリ、花を作れないの？　だったら、おいらがその仕事、ひきうけるよ。そんなの大したことないよ！　緑《みどり》のやつは、水をやれば大きくなるんだ」そして、ボンサイは片足《かたあし》をあげると、伝説《でんせつ》の植物《しょくぶつ》に、ななめ上からおしっこをかけました。

それを見て、リリは笑《わら》わずにはいられませんでした。気持《きも》ちよさそうな顔で、ジャーっと音をたてておしっこをしているボンサイの姿《すがた》はこっけいです。

「ぼく、おかしくなりそう！」ティモは大きな声で言うと、植物《しょくぶつ》をさしました。ほんの数秒《すうびょう》で、ハクントゥの葉《は》の間に、いくつかのクリーム色のつぼみができました。そして、花が開《ひら》き、茎《くき》は美《うつく》しい花でいっぱいになりました。

「リリ！」ボンサイは興奮《こうふん》し、キャンキャンほえました。

「見てよ。おいらのおしっこ、すごいだろ！　おいらのおしっこは魔法《まほう》だよ！」

リリはもう一度《ど》笑《わら》いました。さっきよりも、さらに大きな声で笑《わら》いました。すると、さらに三つの花が開《ひら》きました。

「そんなばかな！」ティモは両手《りょうて》をほおに当てました。「ジョークはぜんぜんおもしろくなかったのに。なにがそんなにおかしいの？」

「犬よ」リリは答えました。「ハクントゥに水をやるんだって、おしっこをかけたの。そうしたら、すぐに大きくなったでしょ。それって、とても愉快《ゆかい》じゃない」

ティモはますます驚《おどろ》いています。「犬の言ってることがわかるの？」

「えーっと、そう」リリはあいまいにほほえみました。

「犬だけじゃないの。すべての動物《どうぶつ》がしゃべっていることがわかるの」

ティモは驚《おどろ》きすぎて口をきけません。

「ミーアキャットが人目をひくような行動《こうどう》をしたのは、どうしてだと思う？」

イザヤはティモにたずねました。「ぼくらが犬と猫《ねこ》を連《つ》れてサバンナを歩いているのもふしぎだろう？　それに、ピューマもいっしょに」

「ピューマだって？」ティモはあっけにとられました。「どこにいるの？」

リリは咳《せき》ばらいしました。「えへん、レックス、出てきてくれる？」

すると、ピューマが低木《ていぼく》の葉《は》の間から姿《すがた》をあらわしました。

ティモはよろめいて、三歩あとずさりました。「わあ、ほんとうにピューマだ！」

「そうよ、そのとおり」リリは言いました。「でも、なにもしないから、心配《しんぱい》しないで。ずっと、わたしたちといっしょに歩いているの」

「ごきげんよう、遠い国からやってきたレックスだ」ピューマは自己紹介《じこしょうかい》しました。「わたしがここにいるのはまちがいだ。だが、わたしはひるまない！」

もちろん、ティモにはピューマの言葉《ことば》がわかりません。ティモの視線《しせん》がリリからレックスへ、それから、ミーアキャット、ボンサイ、そして、シュミット伯《はく》爵夫人《しゃくふじん》へとうつりました。

「信《しん》じられない。でも、ほんとうなんだね。きみは魔法使《まほうつか》いだ」

「まあ、それは言いすぎ」リリは大したことないように言いました。「ほんとうに魔法《まほう》が使《つか》えたら、シュミット伯爵夫人《はくしゃくふじん》はもっときげんがよかったもの」リリはうっかり口をすべらせてしまいました。シュミット伯爵夫人《はくしゃくふじん》には、リリのこの発《はっ》言《げん》が、ちっともおもしろくありません。

「きげんを勝手《かって》に変《か》えられるだなんて、おことわりします！」猫《ねこ》はがなりたてました。「わたくしのきげんは、そのときの状況《じょうきょう》にまったくふさわしいものでございます。今、わたくしたちは、たいへんな窮地《きゅうち》におちいっております。ですから、いつもなら、あふれでるわたくしの陽気《ようき》さも安定《あんてい》せずに、弱まってますの」

ティモは、猫《ねこ》がリリに話しかけているようすを見守《みまも》っていました。

「なんてこった」ティモはつぶやきました。

「そうでしょ。でも、まずは、イザヤをどうやって助《たす》けられるか、いっしょに考えてくれる？」リリはティモに言いました。

ティモはわれにかえりました。「そうだね、もちろん」そして、注意深《ちゅういぶか》く、咲《さ》いたばかりのハクントゥの花をつみ、そのうちのいくつかをズボンのポケットに入れました。それから、二枚《まい》の平《ひら》たい石をさがしてイザヤの横《よこ》にひざまずくと、手に持《も》っていた残《のこ》りのハクントゥの花を石ではさんですりつぶしました。それが

すむと、つぶれた花をイザヤの足首にぬりました。

イザヤは、歯《は》を食いしばりました。それから間もなく、イザヤの足の手当てはすみました。

ティモは立ちあがりました。「これから村にもどって助《たす》けを呼《よ》んでくる。きみたちは、それまでここにいて」

「ぼくには、ほかにこれといった予定《よてい》はないから」イザヤは冗談《じょうだん》を言いました。

ティモはイザヤにほほえみ、はげましました。「すぐにもどってくるからね」

そう言うと、ティモは急《いそ》いで立ちさりました。

リリはティモのうしろ姿《すがた》を見ながら、息《いき》を吐《は》きだしました。ティモは助《たす》けを呼《よ》んできてくれます。今は、ノッポを助《たす》けるための行動《こうどう》はなにも起《お》こせませんが、少なくとも、自分たちは救《すく》われるでしょう。その先のことは、助《たす》かってからです。

今のリリにできるのは、祈《いの》ることだけです。まだ、間に合いますように、と。

ヒンバ族《ぞく》の村

時間はゆっくりすぎていきます。ティモを待《ま》ちながら、ボンサイとシュミット伯爵夫人《はくしゃくふじん》とレックスは、リリとイザヤの横《よこ》で次々《つぎつぎ》に眠《ねむ》ってしまいました。ミーアキャットたちはたいくつしています。チョキは言いました。「ふぁ〜!」そして、あたりをかけまわりました。リリは蚊《か》にさされた場所《ばしょ》をかきながら時間をつぶしていました。

それからしばらくすると、やっとティモがもどってきました。リリは、ティモを発見《はっけん》すると、まっすぐに体を起《お》こしました。ふたりの男の人が、つきそっています。頭に布《ぬの》を巻《ま》き、装飾《そうしょく》されたネックレスをつけています。そして、上半身《じょうはんしん》ははだかです。

男性《だんせい》たちはリリたちを見るとびくっとし、あとずさりました。それは、リリのせいではなく、リリの足に頭をのせて寝《ね》ていたピューマのせいでしょう。

ティモと男性《だんせい》たちは、リリのそばまでやってきました。少年は、リリがまだ聞いたことのない言葉《ことば》でふたりの男性《だんせい》になにやら説明《せつめい》しました。おとなたちは用心しているようですが、好奇心《こうきしん》もありそうです。

イザヤは明るく手をふり、ピューマのレックスは立ちあがりました。すると、男性《だんせい》たちはぎょっとして立ちどまりました。けれども、ピューマがおとなしいとわかると近づいてきました。そして、リリとイザヤのすぐ目の前に立ちました。

「こんにちは」リリはあいさつしました。「来てくれて、ありがとうございます」

男の人たちは、なにを言われているのかわかっていません。そこで、ティモが通訳《つうやく》すると、男たちは身《み》ぶり手ぶりで、自分たちの言葉《ことば》で言いました。

「それ、ヒンバ語?」イザヤはたずねました。

「そうだよ」ティモが言いました。「ぼくらはヒンバ族《ぞく》さ」ティモの声には、ほこりが感《かん》じられます。「ぼくのおじさん、アブラハムと、おじさんの友だちのエフライムだよ。ふたりがイザヤをぼくらの村まで運《はこ》んでくれる」

「とても親切ね」リリはほっとしました。

ティモはイザヤの横《よこ》にしゃがみました。「足の具合《ぐあい》はどう？」

「いくらかよくなったような気がする」

ティモは、イザヤのくるぶしにはりつけた、すりつぶした花の湿布《しっぷ》を指《ゆび》でこすり落《お》としました。

イザヤは、前かがみになって自分の足を見ると、ほほえみました。リリもイザヤの足を見ました。腫《は》れがずいぶんひいています。

ティモはにこりと笑《わら》い、肩《かた》をすぼめました。「ハクントゥの花はとてもよく効《き》くんだよ」

イザヤは、リリとティモにささえてもらい、なんとか立つことができました。ふたたび足に軽《かる》く力を入れられるようになりました！　ためしに何歩か歩いてみましたが、まだ痛《いた》むようです。イザヤは顔をしかめました。

「歩けるようになるには、もう少し時間がかかるよ」ティモが言いました。

「おじさんに背負《せお》ってもらったらいいよ」

そして、気づいてみたら、イザヤはもうアブラハムに背負《せお》われていました。アブラハムはたいへんな力持《ちからも》ちで、人をかつぐのはなんとも思っていないようです。それからすぐに、アブラハムは歩きだしました。

みんなは、急《いそ》いで追《お》いかけました。リリのあとにボンサイ、シュミット伯爵夫人《はくしゃくふじん》、ミーアキャット、レックスがつづきます。ティモは驚《おどろ》いて首をふりました。アブラハムおじさんとエフライムも、ちらちらと横目《よこめ》で動物《どうぶつ》たちを見ています。

みんなは長い谷を通りぬけ、低木《ていぼく》の生える、からからにかわいた大地を歩いていきました。リリはいちばんうしろをなんとかついていきました。この暑《あつ》さの中を人を背負《せお》って歩くのがどんなものか、想像《そうぞう》したくありませんでした。けれども、ティモのおじさんはつかれたようすもまったく見せずに、不平《ふへい》をもらすことなく、イザヤを背負《せお》ってもくもくとサバンナを歩きつづけました。

しばらくすると、リリは遠くに集落《しゅうらく》を見つけました。ヒンバ族《ぞく》の村です。

「もうすぐだよ」ティモは説明《せつめい》しました。

ようやくこしをおろして、飲《の》み物《もの》をのんで休めます。安心《あんしん》する一方で、このような村に連《つ》れてきてもらえるなんて、だれもができる体験《たいけん》ではないことに気がつき、リリはドキドキしてきました。

それから数分でみんなは到着《とうちゃく》し、村の中へ入っていきました。そして、火たき場の前で止まりました。リリは興味津々《きょうみしんしん》にあたりを見まわしました。どの小屋《こや》も、先がとがったワラぶき屋根《やね》で、丸い筒《つつ》のようです。さらに驚《おどろ》くのはここでくらしている人々です。小屋《こや》の前の日かげに、三人の女の人がすわっています。ティモよりも、さらに手間のかかった髪型《かみがた》で、革《かわ》のひもとダチョウの卵《たまご》のカラでできた重《おも》いかざりをつけています。暗《くら》い色の肌《はだ》は色をつけたのか、赤褐色《せきかっしょく》にかがやいていました。女性《じょせい》たちは、リリとイザヤと動物《どうぶつ》たちを、目を丸くして見つめています。ティモは、女性《じょせい》たちにヒンバ族《ぞく》の言葉《ことば》で呼《よ》びかけました。それから、リリのほうを向《む》いて言いました。「先に知らせておいたんだ。きょうは特別《とくべつ》なことがあ

るよって」

その中のひとりが立ちあがりました。背《せ》が高く、ほっそりとした女性《じょせい》で、動物《どうぶつ》の毛皮《けがわ》でできたかんむりのようなものをかぶっています。女の人は大きな声でなにか言いながら、はじめにピューマを、それからボンサイを、次《つぎ》にシュミット伯《はく》爵夫人《しゃくふじん》を、そして最後《さいご》にミーアキャットをさしました。

アブラハムおじさんはイザヤをおろすと、その女性《じょせい》になにか言いました。そして、笑《わら》いました。見せものを村に連《つ》れてきたのを楽しんでいるのが、はっきりとわかります。

さっそく、ほかの住人《じゅうにん》たちがよってきました。さまざまな種類《しゅるい》の動物《どうぶつ》をよせあつめたこのグループは、ヒンバ族《ぞく》の人々にとっては、大事件《じけん》のようです。リリは、はにかむようにほほえみ、住人《じゅうにん》を見わたしました。すると、みんなもリリにほほえみかえしました。

ボンサイは、村の人々が、自分にも興味津々《きょうみしんしん》なのだと気がつきました。そこで、さっとうしろ足で立ちあがり、二本足でぴょんぴょんはねました。

「見てよ！　おいらはイチゴ畑《ばたけ》の雪の玉！」

最前列《さいぜんれつ》の、髪《かみ》を太いおさげにしている何人かの子どもたちは、犬をさして笑《わら》いました。けれども、もっとも注目《ちゅうもく》を集《あつ》めたのは、ピューマです。レックスはとほうにくれていました。なにをしたらいいのか、よくわからなかったのです。みんなにじろじろ見られて、ピューマはまごついていました。リリはピューマのもとへ行くと、ピューマの背中《せなか》に手をおいて落《お》ちつかせました。それを見たヒンバの人々は、ひそひそ話しだしました。

ティモはにやりと笑《わら》って、言いました。「向《む》こうにいるのがぼくらの族長《ぞくちょう》だよ」

ティモは年老《としお》いた男の人をさしました。部族《ぶぞく》のリーダーのようです。男の人は胸《むね》の前で腕組《うでぐ》みをして立っています。

ティモは、リリとイザヤにこっそり言いました。「ヒンバの村に来るときには、ふつうはお土産《みやげ》を持《も》ってくるんだよ」

「お土産《みやげ》?」イザヤは、急《いそ》いでリュックサックの中をひっかきまわし、懐中電灯《かいちゅうでんとう》をとりだしました。

「グッド・アイデア!」リリも懐中電灯《かいちゅうでんとう》を出すと、イザヤのものを受《う》けとりました。それから、二つの懐中電灯《かいちゅうでんとう》を持《も》って、おぼつかない足どりで、族長《ぞくちょう》に近づいていきました。

「ちょっと待《ま》って!」ティモが止めました。

リリは驚《おどろ》いて、立ちどまりました。「なに?」

「族長《ぞくちょう》の家と聖《せい》なる火の間を、よそから来た人が横切《よこぎ》ってはならないんだ!」

ティモは説明《せつめい》しました。

「聖《せい》なる火って……?」

「先祖《せんぞ》と交信《こうしん》するための火のことさ」ティモはリリのすぐ目の前にある火たき場をさしました。「きみが族長《ぞくちょう》のところへ行くときに火の前を通ったら、ぼくらはすぐに、村をこわしてほかの場所《ばしょ》へ移動《いどう》しなければならないんだ」

リリは、ごくりとつばをのみこみました。もちろん、そんなまちがいをぜったいにおかしてはなりません。

ティモは、どこを歩けばいいのか、リリに示《しめ》しました。リリは、言われたとおりにしました。そして、自分の顔が真《ま》っ赤《か》になっているのを感じました。村人全《ぜん》

員《いん》が自分を見守《みまも》っています。リリは族長《ぞくちょう》のもとへ行くと、二つの懐中電灯《かいちゅうでんとう》をさしだし、それからひざをかがめて、おずおずとお辞儀《じぎ》しました。

すると、村人たちが大声で笑《わら》いだしました。リリのほおは、さらに熱《あつ》くなりました。ひざをかがめるのは、正しいあいさつの仕方《しかた》ではなかったようです。

族長《ぞくちょう》はまじめな顔で懐中電灯《かいちゅうでんとう》を受《う》けとりました。けれども、笑《わら》いをこらえているように見えます。そして、次《つぎ》の瞬間《しゅんかん》に、族長《ぞくちょう》までプッとふきだしてしまいました。なにかがとてもおかしかったのでしょう。お辞儀《じぎ》の仕方《しかた》でしょうか？　族長《ぞくちょう》はクックッと笑《わら》いながら、なにか言いました。それをティモが通訳《つうやく》しました。

「族長《ぞくちょう》が言ってる。こんなに虫にさされまくった人を見たことがないって」

リリは顔に手をやりました。蚊《か》にさされたところが何か所《しょ》か傷《きず》になっています。すると、背《せ》の高い女性《じょせい》がリリのもとにやってきて、話しかけました。ティモが通訳《つうやく》します。「エスターが、粉《こな》をぬるようすすめてくれてる」ティモは笑《わら》いました。

「そうしたら、きみもヒンバの女の人のように、赤くなるよ」

リリはエスターを見つめました。エスターの肌《はだ》は、ほんとうに真《ま》っ赤《か》です。それは、体になにかをぬっているからです。細かく編《あ》んだ髪《かみ》にもぬっています。

「お願《ねが》いします」リリはおずおずと言いました。

エスターは、リリの手をとりました。リリはあわててイザヤと動物《どうぶつ》たちにふりかえりました。「いっしょに来て！」

動物《どうぶつ》たちはいっせいに歩きだしました。すると、村人たちが、またもやひそひそ話しました。イザヤが一行のいちばんうしろを、足を引きずりながら進《すす》んでいると、アブラハムおじさんが腕《うで》をさしだしました。つかまらせてもらったおかげで、イザヤも楽に歩けました。

リリはエスターについて小屋《こや》に入っていきました。イザヤと動物《どうぶつ》たちのほかに、ティモと族長《ぞくちょう》、アブラハム、エフライム、それに、好奇心旺盛《こうきしんおうせい》な人たちが何人かついてきました。低《ひく》くて小さな小屋《こや》の中は、たちまちあふれかえってしまいました。けれども、エスターは、そんなことはちっとも気にしていません。明るい笑顔《えがお》

で、そこにすわるよう、リリとイザヤにすすめると、ふたりの前に水をおきました。リリは喉《のど》がひどくかわいていたので、器《うつわ》の水をごくごくとのみほしました。

その間に、シュミット伯爵夫人《はくしゃくふじん》とボンサイとレックスがやってきて、リリのとなりに横《よこ》になりました。それを見て、エスターの動《うご》きが一瞬《いっしゅん》止まりました。けれども、エスターはそのまま作業《さぎょう》をつづけました。グーとチョキとパーは、エスターがかきまぜているどろりとした赤いものの入った陶器《とうき》に、好奇心旺盛《こうきしんおうせい》に鼻《はな》をつっこみました。エスターはあいかわらず、まったく気にしていません。

そこで、ティモが言いました。「この赤いどろっとしたものは、ある石の粉《こな》にあぶらを加《くわ》えたものだよ。日ざしから肌《はだ》を守《まも》ったり、虫よけにもなるんだ。それに、虫さされにも効《き》くんだよ」

リリはうなずきました。そして、エスターがリリの顔にねり粉《こ》をぬっている間、リリはじっとしていました。とてもいい香《かお》りがします。それに、焼《や》けた肌《はだ》を冷《ひ》やしてくれます。

族長《ぞくちょう》はふたりの横《よこ》に立ち、心《こころ》から笑《わら》いました。これまでのできごとを、とても楽しんでいるようです。

エスターは、リリの顔の手当てをおえると、こんどはリリの腕《うで》と足にも赤いねり粉《こ》をぬりつけました。そして最後《さいご》に、リリの髪《かみ》の一部をねじり、そこにもぬりました。

イザヤはにっこりと笑《わら》いました。「とってもいいよ」

リリは笑《わら》いかえしました。

ボンサイは首をかしげてリリを見守《みまも》っています。「赤もかっこいいなあ。それなら、おいらの肌《はだ》の色も、緑《みどり》じゃなくて赤がいいな」

リリは犬をだきしめ、ぐちゃぐちゃになでまわしました。そのとき、チョキはリリによじのぼり、そこからティモのひざにジャンプしました。ティモはうれしくて笑《わら》いました。そして、小さなミーアキャットをなでました。それから、ティモはほかの器《うつわ》をとってきて、ズボンのポケットの中に手を入れると、サバンナで

とったハクントゥの花をとりだして入れました。ティモは、臼《うす》のようなもので花をすりつぶしてどろどろにすると、それをもう一度《ど》、イザヤの足にぬりました。

「念《ねん》には念《ねん》を入れて」

イザヤは喜《よろこ》んでぬってもらいました。

すると、レックスがうなりました。「そもそも、ここでなにをしているんだ？」

シュミット伯爵夫人《はくしゃくふじん》が深《ふか》いため息《いき》をつきました。

リリが答えようとすると、とつぜん、動物《どうぶつ》の声がしました。

「メーッ！　あんただあれ？」一頭《とう》のヤギが小屋《こや》の入り口に立ち、リリを見ています。

「こんにちは。こっちへいらっしゃい」リリはヤギに言いました。

ヤギはすぐぎこちない足どりで、リリに近づいてきました。驚《おどろ》いたことに、小《こ》屋《や》の中の人々はあとずさり、ヤギからはなれていきます。怖《こわ》がっているようにも、敬意《けいい》をはらっているようにも見えます。族長《ぞくちょう》さえも一歩脇《わき》へよけました。

「気をつけて、リリ！」ティモがさけびました。「これはエスターのヤギだ。こんな意地悪《いじわる》なやつ、見たことがない！」

「なんですって？」リリはあっけにとられました。

「どうして？」どこにでもいる、ごくふつうのヤギに見えます。

「乳《ちち》しぼりをしようとすると、顔をけとばすんだ。それに、かみつく」

ヤギはリリのもとにやってきました。「メーッ、あら、うれしい！」ヤギはどなるように言いました。

「あたし、ナデナデ！」ヤギは自己紹介《じこしょうかい》すると、リリのにおいをかぎました。

エスターはまゆをひそめて、なにやらつぶやきました。

「エスターは意地悪《いじわる》ヤギを家の中に入れたくないんだ」ティモは通訳《つうやく》すると、肩《かた》をすくめました。

イザヤは頭のうしろをかきました。そして、なにやらたくらんでいるような目でリリを見ました。「ヤギにきいてみて、乳《ちち》しぼりをしてもいいか」

リリはイザヤの考えていることが、すぐにわかりました。「あの……あなたのミルクをとらせてほしいんだけど」リリはヤギに言いました。

「メーッ！」ヤギは怒《おこ》った声で鳴きました。「乳《ちち》しぼりって気分悪《わる》いの。その、乳《ちち》しぼりはいいのよ。でも、あたし、がまんできない。荒《あら》っぽくひっぱられるのが。あたし、うんとやさしくしてくれないとダメ」

「やさしくする？」リリはたずねました。

「なんだって？」ティモはたずねました。

イザヤはにこりとしました。

「あたしにとってもやさしくして、ちょっぴりナデナデしてくれたら、乳《ちち》しぼりさせてあげる。でも、荒《あら》っぽくひっぱられるのは大きらい！」ヤギは言いました。

小屋《こや》の中の人々は息《いき》を止めて、代《か》わるがわる〝話している〟リリとヤギを見守《みまも》りました。

ヤギはリリの靴《くつ》をじっくり観察《かんさつ》しました。「あなた、すてきな足ね」ヤギは気がつきました。「すりすりしてもいい？」

リリはまゆ毛を高くあげました。「なんですって？」

すると、ヤギはリリのスニーカーに頭をこすりつけ、満足《まんぞく》そうにため息《いき》をつきました。「すてきな足！」

「ねえ、ヤギに注意《ちゅうい》して、行儀《ぎょうぎ》よくしろって」ティモは言いました。「エスターが、こんどかみついたら、かみつきかえしてやるって言ってる！」

リリは、ヤギには、行儀《ぎょうぎ》をよくしたほうがいいとは伝《つた》えませんでした。その代《か》わりに、ヤギの体をなでました。はじめは耳の間を、それから首を、そして背中《せなか》をなでました。ヤギは目をとじて、うっとりしています。幸《しあわ》せすぎて、どうしてこうなったのか、まったくわかっていないようです。

リリは、さっきのんだ水の入っていた器《うつわ》をつかみました。そして、ヤギの乳房《ちぶさ》の下におきました。それから、注意深《ちゅういぶか》く乳房《ちぶさ》をひき始《はじ》めました。ミルクが出てきました！　ミルクをしぼっている間、リリは頭をヤギの脇腹《わきばら》に軽《かる》くおしあて、ひ

たいでヤギの体をこすりました。ヤギは息《いき》を吐《は》きだしました。「はあ、これならいい気分」

その場にいた人々は、リリがしていることを、ぽかんと口を開《あ》けて見《み》ていました。乳《ちち》しぼりがすむと、リリは温《あたた》かいミルクの入った器《うつわ》をエスターにわたしました。

「ヤギには、うんとやさしくしてあげて」

リリは言いました。

ティモが通訳《つうやく》すると、エスターは笑《わら》いだしました。ティモも笑《わら》いました。そして、その場にいた人たち、全員《ぜんいん》が笑《わら》いました。

エスターは、リリの肩《かた》をたたいて感謝《かんしゃ》を

伝《つた》えました。それから、ヤギをなでてやりました。すると、ヤギは鳴きました。

「メーッ！　ほら、見てよ、できるじゃない！」

それがすむと、アブラハムはヤギを外へ連《つ》れだしました。エスターは新鮮《しんせん》なヤギのミルクで、おいしいトウモロコシのお粥《かゆ》を作りました。リリは腹《はら》ペコだったので、大喜《おおよろこ》びで食べました。

ボンサイとシュミット伯爵夫人《はくしゃくふじん》も、お粥《かゆ》を少しばかりなめました。けれども、ミーアキャットたちは、「うぇー！」とかん高い声をあげただけで、人間の食事《しょくじ》をはねつけました。レックスもミーアキャットと同じように反応《はんのう》しました。

食事《しょくじ》がすむと、リリはそわそわし始《はじ》めました。ヒンバ族《ぞく》の人々にはとても親切に受《う》けいれてもらいましたが、少しでも早く先に進《すす》みたいと思いました。

「どうしたの？」イザヤは、リリの気持《きも》ちにすぐに気がつきました。

「レックスは、わたしたちのところにいるかぎり安全《あんぜん》ね」リリは答えました。

「でも、ノッポは……」

「もう一度《ど》、さがしに行く？」

リリは自信《じしん》なさそうにほほえみました。

「うん。でも、そんなことできるかなあ。足の具合《ぐあい》はどう？」

「さっきよりも、ずっといいよ。それに、痛《いた》みもそれほどひどくない」イザヤは、くるぶしにぬった、すりつぶしたハクントゥをひっかきながら答えました。

「追加《ついか》でぬってもらったおかげで、だいぶよくなったよ。つえをついて体をささえられれば、キリンさがしに挑戦《ちょうせん》できるよ」

リリはイザヤを見つめました。ハクントゥは驚《おどろ》くほどよく効《き》きます。それに、イザヤはとても勇気《ゆうき》があります。

「それじゃあ、もう一度《ど》、出かけてみる？」リリは希望《きぼう》に満《み》ちた声でたずねました。「もしかしたら、シュトルツベルガーも都合《つごう》が悪《わる》くなって、きょうは、ノッポをつかまえないかもしれない。きのうだって急《きゅう》に予定《よてい》を変《か》えたんだから」

とはいえ、そんなことは起《お》こらないと、リリにもわかっていました。でも、自分たちにできることがなにもないとは、思いたくありませんでした。

「きみたち、キリンをさがしてるの？」ふたりのそばで聞いていたティモがたずねました。「さっき、ここへもどるとちゅうで、キリンの足あとを見たよ。きっと、緑《みどり》の一角に走っていったんだな」

リリは聞き耳を立てました。「緑《みどり》の一角？」

「そう。小さな場所《ばしょ》なんだけど、野生動物《やせいどうぶつ》のエサがすごくたくさんあるところなんだ。ここからそんなに遠くないよ」ティモは答えると、肩《かた》をすくめました。

「連《つ》れていってあげようか？」

リリとイザヤはすっかり驚《おどろ》いて、顔を見合わせました。

そして、ふたりは同時にさけびました。「連《つ》れていって！」

キリンの追跡《ついせき》

それから少しして、リリの一行は、ティモとともに出発《しゅっぱつ》しました。ヒンバ族《ぞく》の人々は心のこもったお別《わか》れをしてくれました。エスターにプレゼントされたすてきなネックレスを、リリはさっそく首にかけました。

「あんな荒《あ》れ地を、ふたたびぶらぶらするなんて。どうにかなりませんの？」シュミット伯爵夫人《はくしゃくふじん》はぶつぶつ言いました。

「なげかないでください、マダム」レックスはシュミット伯爵夫人《はくしゃくふじん》に言いました。

「あなたは大胆不敵《だいたんふてき》な冒険家《ぼうけんか》。そうではありませんか？」

「もちろん！」猫《ねこ》はすぐに答えました。「それだけではございません。熱狂的《ねっきょうてき》でもございます。まばゆいばかりの存在《そんざい》！」

「それでは、ごいっしょに、さっそうと歩こうではありませんか」レックスは提《てい》案《あん》しました。「ひるむことなく、死《し》にものぐるいで、そして——」

「風に立ちむかう」シュミット伯爵夫人《はくしゃくふじん》は頭をあげて言いました。風はまったくふいていませんが、とつぜん、猫《ねこ》は気持《きも》ちを立てなおしました。鼻《はな》をつんとあげて、ピューマと並《なら》んで歩いています。猫《ねこ》がごきげんでいられるよう、はげましてくれるレックスに、リリは感謝《かんしゃ》しました。

ボンサイとミーアキャットたちも、つかれているにちがいありません。けれども、文句《もんく》も言わずにリリと並《なら》んで歩きました。チョキはいつしかリリをはなれ、ティモのもとへかけていきました。ティモもうれしそうです。

イザヤは足をひきずっていますが、ティモが用意《ようい》してくれたつえをつきながら、うまく歩いています。それに、ティモが言うには、緑《みどり》の一角まではそれほど遠くありません。

「方向《ほうこう》は合ってるよ！」ボンサイが知らせました。

「マジですごいよな、人間なのに、シミ巨人《きょじん》がどこにいるか、かぎわけられるなんて。あの子の鼻《はな》、めちゃくちゃいいよ！」

「ティモはね、においをかいで、キリンをさがしたんじゃないの」リリは答えました。

ティモは笑《わら》いました。リリと犬の会話を想像《そうぞう》し、それがおかしかったようです。

「ボンサイはとても鼻《はな》がいいの」リリは説明《せつめい》しました。

「それに、自分のまわりのようすが、手にとるようにわかるの」

「おいらには、足しかないけどね」ボンサイは首をかしげて言いました。

「もう、ボンサイったら」リリはにっこり笑《わら》いました。そして、歩きながら、ナミビアでのこれまでの体験《たいけん》をティモに語りました。ティモは、自分のこと、自分の生活について語りました。毎朝、何キロも歩いて学校に通い、午後に同じ道をもどってくること、得意科目《とくいかもく》は算数で、ミーアキャットが大好《だいす》きなことを。リリはティモの生活に驚《おどろ》いて、目を見開《みひら》きました。

「けさ、ミーアキャットが村に来たとき、みんなは追《お》っぱらおうとしたんだよ」

ティモは肩《かた》をすくめました。

「でも、ぼくはしなかった。ぼくにはそんなことはできないよ」

リリはうなずきました。「動物《どうぶつ》たちは、そういう気持《きも》ちを感《かん》じとるのよ」そうこうしているうちに、チョキだけでなく、グーとパーも、そばに来て、ティモの足元でせわしなく動《うご》きまわりました。

イザヤは腕《うで》でひたいの汗《あせ》をふいて言いました。

「少し休みたいんだけど」そして、石の上にこしかけ、足の具合《ぐあい》を見ました。

リリもイザヤのとなりに、こしをおろしました。あまりの暑《あつ》さに、つかれはてていました。ヒンバのぬり粉《こ》が強い日ざしから肌《はだ》を守《まも》ってくれているとはいえ、体が熱《あつ》くなりすぎていますす。でも、幸《さいわ》いなことに、空には暗《くら》い雲が出てきました。長いこと待《ま》ちつづけた雨が、いよいよ降《ふ》るかもしれません。

「リリ！　警報《けいほう》！」とつぜん、ボンサイがキャンキャンほえました。

「シミ巨人《きょじん》のにおいがする！」

同時に、レックスも低《ひく》い声でうなりました。

「首の長い連中《れんちゅう》が近くにいる。おお、とても近い」

「わたくしも、察知《さっち》いたしましたわ！」シュミット伯爵夫人《はくしゃくふじん》が言いました。

ティモも、少しばかり先に進《すす》み、地面《じめん》についたキリンの足あとを調《しら》べています。

その脇《わき》を、ボンサイがかけぬけました。

「みんな、ついてこい！」犬は歓声《かんせい》をあげました。

リリは急《いそ》いで立ちあがると、かけだしました。「キリンがいる！」つかれはとれていなくても、稲妻《いなずま》のようなスピードでボンサイを追《お》いかけました。小さな犬は、ひびわれた岩にそって、全速力《ぜんそくりょく》でかけていきます。いちばん高い岩の上で、何頭かのヒヒがジャンプしています。けれどもリリには、あいさつしている時間はありません。リリはボンサイを追《お》いかけました。リリと並《なら》んでティモとミーアキャット、シュミット伯爵夫人《はくしゃくふじん》、それにレックスも走っています。

イザヤは時間がかかるでしょう。でも、待《ま》っていられません。心臓《しんぞう》が強くうちつけ、はじけとびそうです。ノッポのグループはここにいるのでしょうか？　そうだとしたら、まだ、間に合うでしょうか？

リリは岩をぐるりとまわりました。

すると、リリのすぐ目の前にノッポがあらわれました。

高く生えた草の中から、塔《とう》のように巨大《きょだい》なキリンがつきだしています。

「わあ、リリ！」ノッポはさけびました。

リリは顔の前で両手《りょうて》をたたきました。「生きてる！」

「そうよ、それも、とっても！」キリンは答えると、リリの目の高さまで、長い首を曲《ま》げました。「あら！　前よりも、ずっとかわいらしくなったわね！　この赤い色……」キリンは、リリを、それから、赤いねり粉《こ》のついた髪《かみ》のにおいをかぎました。「このほうが、あまりつぶれた感《かん》じがしないわね。すてき！」

ノッポのうしろには、グループのほかのキリンたちがいます。きょうも、木のいちばん上の葉《は》をおいしそうに食べています。リリがあらわれても、少しもうろたえません。ピューマにも慣《な》れてしまったようです。

「どうして追《お》いかけてきたの？」ノッポは知りたがりました。

「あなた、わたしのこと、好《す》きなんでしょ」

「ええ。でも、理由《りゆう》はそれだけじゃないの」リリの声は、興奮《こうふん》のあまりふるえています。「けさ、そのまま逃《に》げちゃったでしょ。わたしが言いたかったことを、伝《つた》えおわらないうちに」

ノッポはあっけにとられ、まつ毛を二回ぱちぱちさせました。「ほんとう？わたしったら、すごく失礼《しつれい》なことをしちゃった！」ノッポは気がつきました。

「失礼《しつれい》な人に、いつもわたしがなにをするか、知ってる？」

「知らない……ノッポ！」リリは両手《りょうて》をあげて必死《ひっし》にお願《ねが》いしました。

「たいへんなの！　ハンターがあなたをねらっているの」

「ああ、そのことね」ノッポは鼻《はな》をふりました。

「ハンターのことでは、わたしも考えたのよ。知りたい？」

リリはあっけにとられて言葉《ことば》を失《うしな》い、キリンを見つめました。

「わたしを撃《う》つやつは、面倒《めんどう》なことに巻《ま》きこまれるのよ！」キリンは大きな声で言うと、うしろ足で土をかきました。「ものすごい、面倒《めんどう》なことに！」

「ノッポ……」リリはしだいに絶望的《ぜつぼうてき》な気分になってきました。

「あなたはここから遠くへ行かなければならないの」

「遠くへ？」ノッポはびっくりしたように言いました。「どこへ？」

「東の方向《ほうこう》へ。あなたたちは、お日さまがのぼる方向《ほうこう》に向《む》かって進《すす》まなければならないの。できかぎり遠くへ！　うんと遠くまで行けば、危険《きけん》はなくなるわ。東にいれば、あなたは安全《あんぜん》なの。そこにはハンターがいないから」

　そこへ、イザヤが到着《とうちゃく》しました。イザヤはノッポを見ると、ほっと息《いき》を吐《は》きだしました。「ああ、よかった」イザヤは岩壁《いわかべ》によりかかり、息《いき》を切らしながらつぶやきました。「ぼくらはなんて運《うん》がいいんだ」

　リリもそう思いました。あとはキリンたちを説得《せっとく》し、農場《のうじょう》の土地から脱出《だっしゅつ》させるだけです。

「リリ！」ボンサイがほえました。ボンサイはおいしげった背《せ》の高い草のせいで、ほとんど姿《すがた》が見えません。「警報《けいほう》！」

リリはまゆをひそめました。「警報《けいほう》？」

「あいつのにおいだよ！」

「あいつ？」

「その、あいつだよ。見たことないけど」犬は鼻《はな》を高くあげて歩きまわりました。「きのう、シマウマが転《ころ》んだところにいたやつ。同じにおいがする」

リリは体をこわばらせました。

次《つぎ》の瞬間《しゅんかん》、チョキがするどい声をあげました。「カチャッ、ボン！」そして、ティモの肩《かた》の上に避難《ひなん》しました。グーとパーはティモの足のうしろにかくれています。レックスもそわそわし始《はじ》めました。「これをもって、みんなに伝《つた》えよう。向《む》こうに、しのびよる者《もの》がいるぞ」

「どこ？」リリはたずねました。恐怖《きょうふ》のあまり、リリは小さな声しか出せません。

「あの茂《しげ》みのかげだ」レックスは頭を低《ひく》くすると体をきんちょうさせ、低木《ていぼく》を見《み》つめました。

「あそこにいるよ！」ボンサイは、レックスが言う茂《しげ》みに向かって、高い草の中を一直線にかけていきました。「おい、こそこそ野郎《やろう》！」犬はワンワンほえました。「出てこい！　おまえがそこにいるのは、わかってんだ！」

それから数秒後《すうびょうご》、茂《しげ》みの中から人が出てきました。シュトルツベルガーさんです。銃《じゅう》をかかえています。

シュトルツベルガーさんが姿《すがた》をあらわしたとたん、木にとまっていた数羽の鳥が舞《ま》いあがりました。手のひらほどの大きさのケープノウサギも逃《に》げました。

恐怖《きょうふ》が、リリの全身《ぜんしん》をかけぬけます。ハンターがいます！　けれども、リリはすぐに行動《こうどう》し、とっさにノッポの首にだきつきました。

「なにしてるの？」キリンは驚《おどろ》いています。「すりすりしたい？」

「こうしてだきついていれば、ハンターはあなたを撃《う》てないわ」リリはノッポに

ささやきました。「わたしが間にいれば、ぜったいに引き金をひけない」

ノッポはまつ毛を二回ぱちぱちさせました。それから、目を見開《みひら》きました。

「あれがハンターなの？」キリンの首がはねあがりました。そのせいで、リリは地面《じめん》に落《お》ちて、しりもちをつきました。「逃《に》げないと！」

「だめ！」リリは立ちあがって、さけびました。「今は、ぜったいにわたしからはなれちゃだめ！」リリはそう言うと、両腕《りょううで》を広げてキリンの前に立ちました。

シュトルツベルガーは怒《いか》りのまなざしで、リリを見ています。「どういうことだ？」彼《かれ》は大声で言いました。「みんな、きみたちをさがしているぞ！」あきらかに混乱《こんらん》しています。それは、ティモのせいかもしれません。それとも、リリの体が赤いからかもしれません。「サバンナで遊《あそ》びまわってはいけないよ」シュトルツベルガーは不《ふ》きげんに、しつこく言いました。「だいたい、どれほど危険《きけん》なことか、わかっているのか？」

「ぼくたちはここで遊《あそ》んでいるんじゃありません」イザヤは答えました。

「ノッポを救《すく》おうとしているんです」

「だれだって？」

「キリンです！」リリは不安《ふあん》と決意《けつい》のまざった声で説明《せつめい》しました。「キリンを撃《う》たないで！」

ノッポはハアハアと苦《くる》しそうに息《いき》をしながら、あわれな声をあげました。

「やめないと、その人、ものすごく面倒《めんどう》なことになるんだからね！」

シュトルツベルガーは、怒《いか》りくるった牛のように、鼻息《はないき》を荒《あら》くしました。

「手をおろして、すぐにそこをどきなさい！」

リリは怖《こわ》くてたまりません。でも、ぐっとこらえました。「どくものですか！」

シュトルツベルガーは、リリに数歩近づきました。「そろそろ、冗談《じょうだん》ではすまされなくなってきたぞ。このキリンをしとめるために、わたしがどれほどの金をつぎこんだのか、知ってるのかね？」シュトルツベルガーはさらに歩みよりました。そこで、高い草むらの中にいるシュミット伯爵夫人《はくしゃくふじん》とミーアキャットを見つけました。シュトルツベルガーはあっけにとられて立ちどまりました。それから、レックスにも気がついて、目が飛《と》びださんばかりに驚《おどろ》いています。

「おお、友よ、ここにいたのか！」男は声をあげました。

「お前のこともさがしていたんだよ！」

それからは、なにもかもがあっという間のできごとで、リリはただ、ぽかんと口を開《あ》けて見ていました。

シュトルツベルガーは銃《じゅう》をとり、レックスにねらいをつけてかまえました！

そして、引き金をひこうとした瞬間《しゅんかん》、ティモがシュトルツベルガーとレックスの間に飛《と》びだしました。ヒンバの少年は怒《おこ》り、男をはげしくつきとばしました。シュトルツベルガーはよろけてたおれ、ティモが銃《じゅう》をとりあげて、ほうりなげました。すると、銃《じゅう》は弧《こ》を描《えが》いて岩棚《いわだな》に飛《と》んでいきました。岩棚《いわだな》の上のヒヒは、飛《と》んできた銃《じゅう》をぎりぎりかわしました。

「おい！　気《き》をつけろ！」

「わたしの銃《じゅう》が！」シュトルツベルガーはさけびました。「弁償《べんしょう》しろ、このくそガキ！」男はティモに飛《と》びかかり、つかまえようとしましたが、ティモはすばしこく、男の手からのがれました。つづいて、グーとチョキとパーがハンターに飛《と》びかかりました！　ミーアキャットたちは男の耳をガリガリかき、男の手と腕《うで》と肩《かた》をつねりました。「バンバン！」「バシバシ！」「ガリガリ！」ミーアキャットたちは暴《あば》れまわりました。その横で、ボンサイが大声でほえています。「うせろ、このろくでなし！　そうしないと、おいらがほえて、ぺちゃんこにしてやるぞ！」

「さあ、まいりますわよ！」シュミット伯爵夫人《はくしゃくふじん》は大きな声で言うと、レックスをおしました。「わたくしたちも、はなばなしく参戦《さんせん》いたしましょう！」

猫《ねこ》とピューマは、シュトルツベルガーと、はげしくつかみかかるミーアキャットと、勇《いさ》ましくほえる犬のもとへ急《いそ》ぎました。シュミット伯爵夫人《はくしゃくふじん》は背中《せなか》をハンターに向《む》けると、前足で砂《すな》をかいてうしろに飛《と》ばしました。

レックスは猫《ねこ》の横《よこ》に立《た》ちました。「わたしはあなたの横《よこ》に立つ」ピューマは猫《ねこ》に知らせると、同じように土をかきはじめました。土は飛《と》びちり、シュトルツベルガーの目の中に入りました！

「うわあ！」男はわめきました。「やめろ！」

そこで、ティモが男の横《よこ》に進《すす》みました。「やめてほしければ、まず、約束《やくそく》してください。もう二度《ど》と、動物《どうぶつ》を撃《う》たないと！」

リリは驚《おどろ》きました。

シュトルツベルガーは、目をふこうとしました。けれども、シュミット伯爵夫《はくしゃくふ》人《じん》とレックスは、さらに男の顔に砂《すな》をかけました。ミーアキャットのグーは、男の耳たぶにつかみかかりました。シュトルツベルガーはかん高い声をあげました。

「わかった！　約束《やくそく》する。もう二度《ど》と狩《か》りはしない」

リリは自分の耳をうたがいました。

ティモは満足《まんぞく》そうにうなずき、うながすような目でリリを見ました。

リリは、ティモが言おうとしていることを理解《りかい》するのに、少しばかり時間がかかりました。そして大きな声で言いました。「ボンサイ！　レックス！　シュミット伯爵夫人《はくしゃくふじん》！　グー、チョキ、パー！　みんな、やめて！」

動物《どうぶつ》たちは、男を攻撃《こうげき》するのをやめました。

シュトルツベルガーは、ハアハアと息《いき》をはずませながら立ちあがりました。腹《はら》わたがにえくりかえっているのが、一目でわかります。「こんなことをして、後《こう》悔《かい》するぞ！」男は言いはなちました。「心から後悔《こうかい》するぞ！」男は顔を紅潮《こうちょう》させてくりかえすと、地面《じめん》をふみしめながら立ちさりました。

何百メートルか、はなれた場所《ばしょ》に、オフロード車が止まっているのが見えます。シュトルツベルガーは車に乗りこむと、ドアを勢《いきお》いよく閉《し》めました。あまりの音の大きさに、リリは身をすくめました。

パーは少しばかり男を追《お》いかけました。「ガオー！」ミーアキャットは腹《はら》を立てて声をあげました。それから、ティモのもとへもどってきました。ティモにけががなかったか、確《たし》かめようとしているようです。ティモはけがをしていないどころか、ごきげんです。にっこり笑《わら》い、ほこらしげな表情《ひょうじょう》で、ミーアキャットをなでました。

「すごく勇気《ゆうき》ある行動《こうどう》だったよ」イザヤはほめたたえました。

「あいつは止めないとだめだよ」ティモは肩《かた》をすくめました。

「でも、きみもとても勇気《ゆうき》があったね」ティモはリリに言いました。「キリンが撃《う》たれそうになったとき、キリンの前に立ちはだかった。それって……クール」

リリは笑《わら》わずにはいられませんでした。こんなに深刻《しんこく》な状況《じょうきょう》で笑《わら》うなんて、その場のふんいきにはふさわしくありません。でも、リリはこらえきれずに笑《わら》ってしまいました。すると、リリのまわりに生えている背《せ》の高い草が、またたく間に、ぐんとのびました。

ティモは笑《わら》いながら驚《おどろ》いています。「これも、クール」

リリはまたもや笑《わら》いました。はてしなく、心が軽《かる》く感《かん》じられたからです。

「わたし、撃《う》たれないの？」リリのうしろで、そわそわと体をゆらしていたノッポが、喉《のど》のつかえがとれたように言いました。

「だいじょうぶ。あの人は、あなたを撃《う》たないわ」リリは答えました。

「東へ行けば、もう二度《ど》と撃《う》たれる心配《しんぱい》をしなくてすむのよ」

ほかのキリンたちが近づいてきて、リリの話を注意深《ちゅういぶか》く聞いていました。おばあさんキリンが言いました。「お嬢《じょう》ちゃん、あなたの言うとおりにするよ」

残《のこ》りのキリンたちも賛成《さんせい》の声をあげました。ノッポも息《いき》を吐《は》きだして賛成《さんせい》しました。「ええ、そうするわ」

「ここにくらしている人たちが、わたしたちをねらうつもりなら、ここをはなれなければならないわね」おばあさんキリンは話しつづけました。

「今すぐ、出発《しゅっぱつ》したほうがよさそうだ」

「そうなの、そうして」リリはキリンにお願いしました。そして、考えました。キリンたちに危害《きがい》を加えようとしているのは、ここでくらしている人たちではありません。わざわざ遠くからやってくる人たちです。

キリンたちは次々《つぎつぎ》に向《む》きを変《か》えました。

「元気でね、リリ」ノッポは別《わか》れを告《つ》げると、やわらかい鼻《はな》をリリの髪《かみ》にこすりつけました。「わたしも、あなたのこと、大好《だいす》きよ。それで、好《す》きな人に、わたしがなにをするか知ってる？」リリが答える前に、キリンはリリの顔にブチュッとキスしました。「大好《だいす》きって伝《つた》えるのに、最高《さいこう》の方法《ほうほう》よ。これはとってもいいアドバイス！」ノッポはクスクス笑《わら》いました。

「わからないことがあったら、このノッポにきいてちょうだい！」そう言いのこして、ノッポはほかのキリンとともに、はなれていきました。

リリは、キリンのうしろ姿《すがた》に手をふってお別《わか》れをしました。それから、イザヤとティモにふりかえりました。

イザヤの表情《ひょうじょう》はしんけんです。「シュトルツベルガーは、もう、ノッポもレックスも撃《う》たないだろう」イザヤは断言《だんげん》しました。「でも、ぼくらの仕事《しごと》は……まだ、おわっていない」

リリはうなずきました。「そうね。レックスを故郷《こきょう》へ帰してあげなければならないわね」

ピューマは目を丸くしてリリを見つめました。
「きみに、そんなことができるのか?」
「えー、まあ、その……」

リリは言葉《ことば》につまりました。自分でも、どうしたらいいのかわかりません。それに、ほかにも気になることがあります。

「ねえ、みんなは信《しん》じられる？　シュトルツベルガーが約束《やくそく》を守《まも》ってくれると思う？　その気もないのに、ただそう言ったのかなあ……」

ティモは鼻《はな》にしわをよせました。「そうかもしれない」

「シュトルツベルガーは、もう二度《ど》と狩《か》りをしないよ。約束《やくそく》を守《まも》るつもりがあろうが、なかろうが」イザヤは顔を曇《くも》らせました。

リリは驚《おどろ》いてイザヤを見《み》つめました。イザヤはかくごと絶望《ぜつぼう》がまざりあった表情《ひょう》《じょう》をしています。

「どうしてそんなに自信《じしん》があるの？　あの人がもう二度《ど》と狩《か》りをしないって」

ティモがたずねました。

「ぼくらが、あいつのことを警察《けいさつ》に知らせるからだよ」これがイザヤの答えです。

「ここで起《お》こったことを、そのままほうっておくわけにはいかない」

リリはだまりました。

「シュトルツベルガーのことも農場《のうじょう》の支配人《しはいにん》、ミスター・マゴロのことも、警察《けいさつ》に知らせなければならない」イザヤはつづけました。「ふたりはあきらかに、狩《しゅ》猟《りょう》の規則《きそく》に違反《いはん》している。それに、カナダからピューマを連《つ》れてきたのは、まちがいなく犯罪《はんざい》だ。それらのことを、警察《けいさつ》にとどけなければならない」

「それはいいアイデアだ」ティモは賛成《さんせい》しました。

けれども、イザヤがひどく沈《しず》んでいるように見える理由《りゆう》が、リリにはわかりました。「ソロモンおじいさんは、この事件《じけん》のことで、苦《くる》しむんじゃないの？」リリはたずねました。「おじいさんも、狩《か》りのことを知っていたはずよね。それに、おじいさんとおばあさんは、ふたりとも農場《のうじょう》で働《はたら》いている。警察《けいさつ》に知らせたら、ふたりは仕事《しごと》をなくしてしまうかしら？」

イザヤはうなだれました。「それはぼくにもわからない」

「それでも、そのマゴロとハンターをうったえるべきだよ」そこで、ティモは空

を見上げました。

「それはともかく、きみたちは、できるだけ早く農場《のうじょう》にもどったほうがいい。そうしないと、もう一晩《ばん》サバンナですごすことになってしまう」

リリもそう思いました。「ここから、どれくらい遠いの？」

「そんなに遠くないよ」ティモは空をおおう、暗《くら》く、重《おも》い雲を見つめました。

「雨が降《ふ》りだす前に帰れるよ。行こう、ぼくが送《おく》っていくよ」

こうして、みんなは家路《いえじ》につきました。

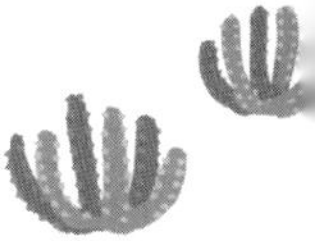

動物《どうぶつ》の大行進《だいこうしん》

みんなはふたたび歩いています。リリは、もう何日も前から、ほかにはなにもしていないように感《かん》じていました。さまざまなできごとにつかれきって、体を休めたいと思いました。イザヤのけがの痛《いた》みも、ふたたび強くなっています。ティモの言うとおり、外でもう一晩《ばん》すごすのはよい考えではありません。家族《かぞく》もひどく心配《しんぱい》しているはずです。

ティモは、目的地《もくてきち》に向《む》かって、サバンナをまっすぐにつきすすみます。ダンデライオン農場《のうじょう》の場所《ばしょ》を正確《せいかく》に知っているようです。農場《のうじょう》まで送《おく》ってくれるというティモのもうしでを、リリはとてもありがたく思いました。

歩きながら、リリは気がつきました。サバンナの動物《どうぶつ》たちが、いつものようすとちがいます。たいていの動物《どうぶつ》は、リリを見ても逃《に》げなくなりました。それに、催眠術《さいみんじゅつ》にかかったように、遠くからながめていることもありません。そればかり

か、多くの動物《どうぶつ》たちがリリを追《お》いかけてきます！

リリがはじめに気がついたのは、数頭のヒヒでした。ヒヒたちがいくらか距離《きょり》をとってついてきます。それからしばらくすると、左手の方向《ほうこう》で、ジャッカルの小さな群《む》れが歩いているのに気がつきました。それから、何匹《びき》かのジリスがヒヒの仲間《なかま》に加《くわ》わりました。それから……ヌーの大群《たいぐん》がやってきました。

ヌーが近づいてくると、リリは立ちつくしました。

ティモは驚《おどろ》いています。「動物《どうぶつ》たち、きみを追《お》いかけてるの？」

リリも、そうではないかと思っています。けれども、聞いてみたほうがいいと思いました。「こんにちは！」リリは動物《どうぶつ》たちに向《む》かって言いました。

一頭のヒヒが前へ出てきました。「やあ、キリンの少女」

「キリンの少女？」

「岩の上から見ていたよ。きみがキリンと話して、守《まも》っていたのを」ヒヒはリリに伝《つた》えました。「それで、ぼくらは、すごくたくさんの仲間《なかま》に伝《つた》えたんだよ！」

　ジャッカルたちがやってきて、その中の一頭が声をあげました。「聞いたぞ。きみも狩人《かりゅうど》におどされたって。だから、おれたちは来たんだ。きみを守《まも》りたくて」

　ボンサイがウォッとほえました。

「リリはおいらが守《まも》ってるよ、相棒《あいぼう》。マジ、親切。でも、だいじょうぶさ」

　リリはとても驚《おどろ》き、心から感動《かんどう》しました。

「きみにつきそうよ」何頭かのヌーが鳴きました。「助《たす》けが必要《ひつよう》なら知らせてくれ」

　リリは聞き耳を立てました。これはすばらしい提案《ていあん》です。でもその一方で、大きな群《む》れに偉大《いだい》さと尊《とうと》さを感《かん》じ、近づきがたく思えました。

「その、わたしたち、うずうずしてるんだけど」一匹《ぴき》のジリスが、か細い声をあげました。「ハネジネズミから聞いたのよ。あなたと巻《ま》き毛の少年がとっても勇《ゆう》気《き》あるって。それで、どんなようすか見に来たというわけ」

　それが合図であったかのように、何匹《びき》かのハネジネズミが茂《しげ》みの下から顔を出しました。「ぼくたちだよ！」

「そうさ、ぼくらはずっときみを追《お》いかけていたんだよ!」高い声が言いました。石の上に、ヤモリが二匹《ひき》います!

「あちらに、さらなるファンがおいでです」シュミット伯爵夫人《はくしゃくふじん》は言いました。猫《ねこ》の目がかがやき始《はじ》めました。「まあ、これはまた並《なみ》はずれた美《うつく》しいみなさんで! まさに、美《うつく》しくかがやいておられます」

何頭かのイボイノシシが、とことこかけてきました。「きみがキリンの少女かい?」イボイノシシはブーブー鳴きました。「きみといっしょに歩きたいんだ」

「どうして?」リリはたずねました。

「またおろかなやつらが来たら、ぼくらがきみを守《まも》るよ」イボイノシシは言いました。「それに、きみって、ぼくらをわくわくさせてくれる。だって、ぼくらと話せるじゃないか!」

リリはちょっぴり顔を赤らめました。「さて、先に進《すす》まないと……」

「みんなで行《い》こう!」動物《どうぶつ》たちはいっせいに声をあげました。ヤモリまでが賛成《さんせい》しています。

「まあ、いいでしょう」リリはおずおずとほほえみました。それから、言いそえました。「うれしい！」リリが歩きだすと、さっそく動物《どうぶつ》たちも歩きだしました。

ティモは笑《わら》いながら両手《りょうて》をこすりました。「これは強力な味方《みかた》だ！」

イザヤはほほえみました。リリに対《たい》して、ちょっぴりほこりを感《かん》じているようです。けれども、さっきよりも、さらにつらそうに足をひきずっています。イザヤが農場《のうじょう》までたどりつけるか、リリは心配《しんぱい》になりました。

みんなは最後《さいご》の力をふりしぼって、歩きつづけました。それから三十分のうちに、ほかの動物《どうぶつ》たちも仲間《なかま》に加《くわ》わりました。ボンテボックの小さな群《む》れ、数頭の野犬、二頭のハイエナ、そして、たくさんのホロホロチョウです。

ハイエナは、ホロホロチョウにとても関心《かんしん》があるようです。けれども、リリははっきりと言いました。「ここでは、だれもほかの動物《どうぶつ》を食べないこと！」そのひとことで、問題《もんだい》は解決《かいけつ》してしまいました。

そのとき、とつぜん、低《ひく》いとどろくような声と、ドスドスと地面《じめん》をふむ音が聞こえてきました。ゾウです！ ゾウの群《む》れが近づいてきます！ 朝に水場へ連《つ》れていってくれたグループです。遠くからでも、何頭かのゾウが確認《かくにん》できました。ボンサイは、こちらを目ざしてやってくるゾウの群《む》れに気がつくと、鼻《はな》をひくひくさせて言いました。「おや、これですべてオーケーだな。残《のこ》りの道は、ドスドスおデブに乗《の》れるじゃないか」

リリは犬を見つめました。それはとてもいいアイデアです！

イザヤは歯《は》を食いしばりながら、一歩ずつ進《すす》んでいます。リリ自身《じしん》もつかれすぎて、いつたおれてもおかしくないと感《かん》じていました。

ゾウたちがそばまでやってくると、ほかの動物《どうぶつ》たちは敬意《けいい》をあらわし、脇《わき》へよけました。「リリ」おばあさんゾウがあいさつしました。「聞いたわよ。助《たす》けが必《ひつ》要《よう》だって。発射《はっしゃ》ギャングがあなたに発射《はっしゃ》しようとしているの？」

「わたしを撃《う》とうとしているわけじゃないけど。でも……助《たす》けてもらいたいことがあるの」リリは答えました。「また背中《せなか》に乗《の》せてもらえる？」

ティモは驚《おどろ》いて息《いき》をすいこみました。ボンサイの鳴き声の意味《いみ》がわからないので、まさか、こんなことを話していたとは夢《ゆめ》にも思いませんでした。

「ええ、もちろんよ」おばあさんゾウはウインクしました。「さあ、乗《の》って」

これほどありがたいことはありません！

「乗《の》せてくれるって！」リリはみんなに言いました。

イザヤは安堵《あんど》のうめき声をあげました。そして、シュミット伯爵夫人《はくしゃくふじん》はイザヤのリュックサックの中に入りました。ボンサイもリリのリュックサックに飛《と》びこみました。ミーアキャットたちはティモのそばをはなれません。ティモは、手の指《ゆび》を組んでふみ台を作り、リリとイザヤがゾウの背中《せなか》に乗《の》るのを助《たす》けました。それから、ミーアキャットを腕《うで》と肩《かた》に乗《の》せて、高い石の上にのぼると、そこから三頭目のゾウの背中《せなか》によじのぼりました。こうしてみんなはゾウに乗《の》りました。これで、ふたたび前進《ぜんしん》できます。

「わたしは、きみらと並《なら》んでしなやかに歩く」

レックスは伝《つた》えると、ゾウと並《なら》んでしなやかに歩きました。リリは、ピューマがとてもねばり強い動物《どうぶつ》なので、うれしくなりました。こうして行動《こうどう》をともにしているうちに、リリはピューマをとても好《す》きになっていました。

レックスをふたたび故郷《こきょう》へもどしてあげられる方法《ほうほう》を、なんとしてでもイザヤに考えてもらわなければなりません。イザヤはいつでも、なにかしらいいアイデアを思いついてくれます。

リリは、ふう、と息《いき》を吐《は》きだしました。これでもう、心配《しんぱい》することはなにもないでしょ

う。農場《のうじょう》まではゾウたちが運《はこ》んでくれます。それに、大きな護衛団《ごえいだん》のように、いっしょに歩いている動物《どうぶつ》たちも、リリたちを守《まも》ってくれるでしょう。しばらくすると、はるかかなたにダンデライオン農場《のうじょう》が見えてきました。とうとう、帰ってきました！

ティモは肩《かた》をすくめました。「ほんとうは、ここでお別《わか》れするつもりだったんだ。でも、動物《どうぶつ》を連《つ》れていったら、農場《のうじょう》にいる人たちがどんな顔をするのか、どうしても見てみたくなっちゃった」

リリは、ほほえみました。その気持《きも》ちは、リリにもよくわかりました。動物《どうぶつ》の群《む》れには、

さらにクーズーと、一頭のカバも加《くわ》わっていました。それに、上空には二羽のミサゴと、そのほかに数えきれないほどの鳥が旋回《せんかい》しています。

動物《どうぶつ》の集団《しゅうだん》は、早足で農場《のうじょう》に近づいていきました。農場《のうじょう》から人々が出てきました。大声をあげたり、あっけにとられて、巨大《きょだい》な動物《どうぶつ》の行列《ぎょうれつ》を指《ゆび》さしたりしています。

そのとき、リリはパパとママの姿《すがた》を見つけました。ふたりはロッジを飛《と》びだすと、とつぜん立ちどまりました。イザヤとリリとティモがゾウの背中《せなか》に乗《の》っているようすは、あまりにも目立っていたのでしょう。けれども、パパとママの顔には、驚《おどろ》きよりも不安《ふあん》があらわれていました。不安《ふあん》と疲労《ひろう》、それに、はかりしれないほどの安堵感《あんどかん》。

パパとママのうしろに、おばあちゃんの姿《すがた》も見えます。おばあちゃんは松葉《まつば》づえをついて、遅《おく》れをとるまいとしています。それに、イザヤのお父さんアケーレもいます！　リリは、アケーレがひどく怒《おこ》っていると予想《よそう》していました。でも、アケーレも、パパやママと同じく、安心《あんしん》しているように見えます。

ソロモンおじいさんとマチルデおばあさんも本館《ほんかん》から飛《と》びだし、こちらに向《む》かってかけてきます。そのすぐうしろにミスター・マゴロが、そして、シュトルツベルガーが追《お》いかけます。リリはハンターに気がつくと、背筋《せすじ》が寒《さむ》くなりました。シュトルツベルガーは、キリンの群《む》れのいる場所《ばしょ》で会《あ》ったときから、ちっとも気持《きも》ちがおさまっていないように見えます。

ゾウは歩みを止めました。そこへ、リリのパパとママがかけつけました。

「リリ！」ママは泣《な》きながら、両腕《りょううで》をのばしました。

リリはゾウからすべりおりると、ママの腕《うで》の中に飛《と》びこみました。

ママはリリを受《う》けとめると、娘《むすめ》を強くだきしめました。リリは感《かん》じました。ママは全身《ぜんしん》をふるわせています。すると、自分の目にもなみだがこみあげてきました。「すべてうまくいったから」リリは言いました。

「わたしたちには、なにも悪《わる》いことは起《お》こらなかったから、だいじょうぶ」

パパはリリをうしろからだきしめました。パパの胸《むね》もふるえています。

「パパ、わたしたち、ハクントゥを見つけたの！」リリは大きな声で言いました。

「なんだって？」パパは笑《わら》ったらいいのか、泣《な》いたらいいのかわからないような表情《ひょうじょう》をしています。

「それに、わたしたち、ヒンバ族《ぞく》のところにいたの」リリは言いました。

「お前さんに、そんなふうに色をつけてくれたのかい？」リリのおばあちゃんはたずねました。そして、リリと動物《どうぶつ》たちのキャラバン隊《たい》をにこにこしながら観察《かんさつ》しました。それから、おばあちゃんもリリをだきしめ、孫娘《まごむすめ》の耳元でささやきました。「ほんとうにだいじょうぶだったのかい？」

リリはうなずきました。

「じきにものすごい雷《かみなり》が落《お》ちるよ」おばあちゃんはこそこそ言いました。「でもね、一つだけ先に言っておくよ。キリンを救《すく》ったみんなを、とってもほこりに思っているよ」

リリはほほえみました。リリたちに狩猟《しゅりょう》を邪魔《じゃま》されたことを、シュトルツベルガーが話したのでしょう。

すると、アケーレの声がひびきました。「ほこり？」アケーレはあっけにとられています。「まさか、リリをほめたのですか？」

おばあちゃんはため息《いき》をつきました。「かもね」

「まったく信《しん》じられない！」アケーレが怒《おこ》っているのが、リリにもはっきりとわかりました。ひどく怒《おこ》っています。

「子どもたちの姿《すがた》が見えなくなってから、あんなことが起《お》こったというのに？」

「なにがあったの？」イザヤは、リリのパパに助《たす》けを借《か》りてゾウからおりると、つえにすがり、ティモのとなりに立ちました。

「きみたちをずっとさがしていたんだ！」アケーレは興奮《こうふん》しています。

「捜索隊《そうさくたい》がいくつも出動《しゅつどう》したんだ！　それもなんども！　そして、きょうの午後になって、シュトルツベルガーさんから知らせを受《う》けたんだ。キリンの狩《か》りを邪《じゃ》

魔《ま》するために、小さな冒険旅行《ぼうけんりょこう》をしているらしいと」

シュトルツベルガーは、アケーレのうしろに立って顔を真《ま》っ赤《か》にしています。

そのすぐとなりにはミスター・マゴロがいます。ミスター・マゴロはこれまでの人生で、こんなにひどく怒《おこ》ったことはないような怖《こわ》い顔をしています。けれども、ミスター・マゴロの視線《しせん》は、ここに集《あつ》まった動物《どうぶつ》たちの間をさまよい、まごついています。その表情《ひょうじょう》は、自分が怒《おこ》っていたのを忘《わす》れるくらい驚《おどろ》いたように見えました。

ロッジと本館《ほんかん》から、どんどん人が出てきます。そして、集《あつ》まった動物《どうぶつ》たちにスマートフォンを向《む》けて、写真《しゃしん》を撮《と》っています。

「あそこにサイがいる！」だれかがさけびました。

「それに、向《む》こうにいるのはハイエナだ！　クーズーのすぐそばにいるじゃないか！　敵《てき》がいるのに、どうしてなにもしないんだ？」

人々はあぜんとしています。

けれども、アケーレは、動物《どうぶつ》たちにはそれほど関心《かんしん》はありません。「きみたちは、どうかしてる！」アケーレはかんかんです。

「ぼくたちは、正しいと思ったことをしただけだよ」イザヤは落《お》ちつきはらって答えました。いざというときに冷静《れいせい》でいられるのは、イザヤのすぐれた能力《のうりょく》の一つです。「ノッポを死《し》なせるわけにはいかなかったんだ」

「ノッポ？　キリンに名前までつけたのか？」アケーレは自分の耳が信《しん》じられないようです。「サバンナの動物《どうぶつ》たちには名前なんかない！　まったく、なんてこった。イザヤ、ふれあい動物園《どうぶつえん》じゃないんだぞ！」

そのとき、リリは気がつきました。イザヤのおじいさんとおばあさんは、だまっています。ふたりとも、しかろうとしません。

一方、アケーレは話しているうちに、さらに頭に血《ち》がのぼってきました。「シュトルツベルガーさんから聞いたぞ。きみたちは銃《じゅう》を岩山に投《な》げて、シュトルツベルガーさんにおそいかかったそうじゃないか。礼儀《れいぎ》というものを知らないのか」

アケーレは怒《いか》りくるっています。

「シュトルツベルガーさんはものすごく怒《おこ》っている。当然《とうぜん》だ！　今夜にもここを出て、もう、二度《ど》と狩猟《しゅりょう》には行かないと言ってる！」

リリの胸《むね》が喜《よろこ》びで小さくドキンと鳴りました。

もちろん、アケーレは喜《よろこ》んでいません。「農場《のうじょう》のもっとも重要《じゅうよう》な収入源《しゅうにゅうげん》に首をつっこむとは。どうして、そんなことができるんだ」イザヤとリリが返事《へんじ》をするよりも先に、アケーレは次《つぎ》の質問《しつもん》をはなちました。

「だいたい、きみたちはわかっているのかね？　シュトルツベルガーさんが、われわれにとってどれほど重要《じゅうよう》か」

アケーレは、シュトルツベルガーさんとミスター・マゴロがすぐうしろにいるのに気づいていません。「シュトルツベルガーさんは、定期的《ていきてき》にここへ来てくれる、ゆいいつのハンターだ。いつもトロフィーハンティングに出かける、大金持《おおがねも》ちなんだ。それなのに、ここにはもう二度《ど》と来ないと言っている！　きみたちのせいだ！」

リリは考えました。ということは、シュトルツベルガーはほかのところで狩《か》りをするつもりでしょうか。

イザヤは自分の父親の目の中をまっすぐに見つめました。

「もう来ないなら、それはいいことじゃないか」

しばらくの間、アケーレは言葉《ことば》を失《うしな》っていました。それから、冷《つめ》たい口調《くちょう》で言いました。

「イザヤ、おまえはなんにもわかっていない。まったく、わかっていない」

「わたしもそう思う」そこで、ミスター・マゴロが、リリのうしろで根気《こんき》よく合図を待《ま》っている動物《どうぶつ》たちからなんとか目をそらし、口をはさみました。

アケーレは驚《おどろ》いて、ふりかえりました。ボスとハンターが自分のすぐうしろにいたのに、やっと気がつきました。「おっと……」

ミスター・マゴロはなだめるように手を動《うご》かしました。「アケーレ、きみが言っ

たことはすべて正しい。シュトルツベルガーさんが、われわれのところに来なくなり、狩猟《しゅりょう》をしなくなったら、農場《のうじょう》は大きな打撃《だげき》を受《う》ける。これはまだ、ひかえめな言い方だ。実際《じっさい》には破滅《はめつ》する」

シュトルツベルガーは、きびしい表情《ひょうじょう》で胸《むね》の前で腕組《うでぐ》みしています。怒《いか》りに燃《も》えた目、真《ま》っ赤《か》な顔、それに、まっすぐな細い線のようにぎゅっと結《むす》ばれた口。今、息《いき》をはずませています。けれども、ひとことも発《はっ》しません。

「農場《のうじょう》にめいわくをかけてごめんなさい」イザヤは言いました。そのときに、ソロモンおじいさんを見ました。けれども、おじいさんは視線《しせん》をそらしました。

「でも、ここで起《お》こっていることはまちがっています」

「まちがいだと?」アケーレはイザヤに向《む》かってどなりました。「トロフィーハンティングは法律《ほうりつ》できちんとルールが決《き》められている! あやしいことなどなにもない。きみたちがまちがっているんだ! きみたちはまったく関係《かんけい》ないことにしょっちゅう首をつっこみ、なにかしらの動物《どうぶつ》を大急《おおいそ》ぎで助《たす》けようとする。そのせいで、ほかの人にどれほどめいわくをかけるのか、まったくおかまいなしだ！」

「悪《わる》いけど、ここで起《お》こっていることには、あやしいこともあるんだ」イザヤは、一言ひとこと、語気を強めて答えました。

「なんだって？」リリのおばあちゃんが口をはさみました。「なにがあやしいんだい？」

リリのパパとママも、イザヤをふしぎそうに見ています。

イザヤは答えました。「ぼくたちはつきとめたんだ。この農場《のうじょう》が法律違反《ほうりついはん》をしていることをね」

アケーレは口を開《ひら》きかけたものの、怒《いか》りのあまり言葉《ことば》がまったく出てきません。

「少年よ、なにを言っているのかね！」マゴロは語気を荒《あら》らげ、イザヤの腕《うで》をつかみました。

それに対《たい》してイザヤは落《お》ちついています。それを見て、リリは驚《おどろ》きました。

イザヤはまばたき一つしません。「これは真実《しんじつ》だ。あなたのしていることは犯《はん》

罪《ざい》だ」イザヤは言いました。

「イザヤをはなしなさい！」リリのおばあちゃんは大声で言いました。

けれども、マゴロはおばあちゃんには耳をかしません。

マゴロは自分の顔をイザヤにうんと近づけました。「気をつけるんだな、ここでおまえがどんな発言《はつげん》をするか」マゴロは静《しず》かな声でおどしました。

「このことで、おまえの家族《かぞく》が困《こま》ることになるかもしれないぞ」

イザヤは目をしばたたかせました。弱点をつかれてしまいました。少しの間、イザヤが迷《まよ》っているのが、リリにはわかりました。イザヤが、自分が知りえたことをみんなに暴露《ばくろ》すれば、おじいさんとおばあさんにとって好《この》ましくない結果《けっか》を招《まね》きかねません。

すると、おじいさんが発言《はつげん》しました。「わたしの孫《まご》は、根拠《こんきょ》もなくそう言っているのではありません」ソロモンは自分をふるいたたせるかのように深呼吸《しんこきゅう》しました。マチルデはソロモンの背中《せなか》に手を当ててはげましました。

「イザヤの言うとおりだ」ソロモンは重苦《おもくる》しい声で説明《せつめい》しました。「この農場《のうじょう》は、法律《ほうりつ》に反《はん》することをやっている。くりかえし。それも、ひどいやり方で」

しばらくの間、みんなはなにも言わずにソロモンを見つめました。それから、マゴロがガミガミ言いました。「なんて失礼《しつれい》なことを言うんだ、ソロモン」

ソロモンは悲《かな》しそうにイザヤにほほえみました。

「わたしも、きょうの午後にはじめて気がついたんだ」

「それまでは、なにも知らなかったんだよ！」マチルデはうったえました。

「わたしは、サバンナのために正しいことをしていると信《しん》じていた……」ソロモンは肩《かた》を落《お》として、しょんぼりしています。

アケーレは言葉《ことば》をとりもどしました。「なにも知らなかったって、なにを？」

アケーレはかすれた声で言いました。「父さん、なにに気がついたの？」

マゴロはさすような目で、部下《ぶか》であるおじいさんを見すえました。けれども、おじいさんは話しつづけました。「きょうの午後、シュトルツベルガーさんがひ

どく怒《おこ》りながら狩《か》りからもどったとき、わたしは聞いてしまったんだよ、ピューマのことを。シュトルツベルガーさんが今回の休暇《きゅうか》中にここで撃《う》てるよう、ミスター・マゴロがカナダでピューマを捕《と》らえさせていたということをね。ピューマがまだコレクションにないとかで……」

「ばかばかしい！」マゴロが口をはさみました。

そこで、リリのおばあちゃんがたずねました。

「あそこにいるピューマのことかね？」おばあちゃんは、シュミット伯爵夫人《はくしゃくふじん》とイボイノシシとともに、水飲《の》み場《ば》で喉《のど》をうるおしているレックスをさしました。

ママは青ざめました。「ということは、ほんとうなのね？ピューマは連《つ》れてこられて、農場《のうじょう》の敷地《しきち》にはなされたのね？」

「ちがう、もちろん、ちがうよ！」マゴロはあえぎました。

「どうして、わたしにそんなことができたというのだね？」

真《ま》っ赤《か》だったシュトルツベルガーの顔は、いまや青ざめています。無表情《むひょうじょう》を保《たも》とうとしていますが、とりみだしているのがはっきりとわかります。

ソロモンはつづけました。「わたしは、それからミスター・マゴロのオフィスに行って、いくつかの書類《しょるい》とメールに目を通した」

「なんだと？」マゴロはけたたましい声をあげました。

「わたしのものをひっかきまわして、どういうつもりだ」

「いくつかのメールに、シュトルツベルガーさんが、約束《やくそく》とはちがう動物《どうぶつ》をなんども撃《う》っていたことが書かれていた。それは、狩猟《しゅりょう》を許可《きょか》された動物《どうぶつ》ではなく、シュトルツベルガーさんがそのときにほしいと思っている、コレクションに加《くわ》えたい動物《どうぶつ》たちだ」ソロモンは言いました。「あるときは、ライオンをしとめた。大きな群《む》れをひきいていたボスライオンをね」

リリはごくりとつばをのみこみました。水場で会ったメスのライオンがリリに話してくれたことです。

「真実《しんじつ》なのか？」アケーレはたずねると、よろめきました。そこで、リリのパパ

がささえました。アケーレにとっては、世界《せかい》が崩壊《ほうかい》するようなショックなニュースにちがいありません。

「ちがう！」マゴロはしつこく言いはります。「すべてうそだ！」

「オスのライオンだって？」リリのおばあちゃんはひどく怒《おこ》っています。

「ライオンの狩《か》りは、めったなことではおこなわれません。そのためには特別《とくべつ》な免許《めんきょ》が必要《ひつよう》なんです」マチルデおばあさんが言いました。

「でも、シュトルツベルガーさんはその免許《めんきょ》を持《も》っていませんよ」

「違反《いはん》すると、とても重《おも》い罰《ばつ》を受《う》けるんだろう？」リリのおばあちゃんがたずねました。

視線《しせん》で人をたおせるなら、今この瞬間《しゅんかん》に、ミスター・マゴロの視線《しせん》がおばあちゃんをたおしていたでしょう。

「ああ。この国では罰《ばっ》せられますよ」ソロモンおじいさんは言いました。

「それに、犯罪行為《はんざいこうい》はこれだけではない。過去《かこ》のものをふくめてたくさんあった。シュトルツベルガーさんもミスター・マゴロも、刑務所《けいむしょ》に入れられるだろう」

マゴロは正気を失《うしな》ったような目で、ソロモンを見つめました。「わたしは……もちろん行かない……刑務所《けいむしょ》になんか！　なんてばかげた話だ！」マゴロはつかえながら言いました。それから、気をとりなおしました。

「わたしはこの農場《のうじょう》の支配人《しはいにん》だ！　きさまなんか、そっこくクビだ！」マゴロはソロモンにはげしい口調《くちょう》で言いはなちました。

ソロモンおじいさんは、首をたてにふっただけでした。

「ああ。こうなると思っていた」

ちょうどそのとき、一台の車がやってきました。警察《けいさつ》の車です！　リリはこれを見た瞬間《しゅんかん》、はりつめていたきんちょう感《かん》が希望《きぼう》と入れかわり、心の中でぱっと明るく燃《も》えあがりました。

「わたしが警察《けいさつ》に通報《つうほう》した」ソロモンおじいさんが言いました。

マチルデおばあさんはうなずいて、おじいさんの行動《こうどう》に納得《なっとく》していることを伝《つた》

えました。

アケーレは手で口をおさえました。

ふたりの警察官《けいさつかん》は車からおりると、目の前の光景《こうけい》に目を見張《みは》りました。ゾウからミーアキャットまでが勢《せい》ぞろいし、ここはまるでサファリです。これは夢《ゆめ》ではありません。警察官《けいさつかん》はしばらくして、みんなのほうへやってきました。

ソロモンは警察官《けいさつかん》にあいさつしました。

「資料《しりょう》をそちらへファックスしたのは、このわたしです」

ふたりの警察官《けいさつかん》はソロモンとあく手《しゅ》しました。「不法《ふほう》な狩猟者《しゅりょうしゃ》をつかまえるのはむずかしいのです。正確《せいかく》な情報《じょうほう》と証拠《しょうこ》を知らせてくださり感謝《かんしゃ》していますよ」

それを聞いて、シュトルツベルガーは真《ま》っ青《さお》になりました。マゴロは不意《ふい》うちをくらい、言葉《ことば》がつかえて出てきません。「でも……そんな……」

ソロモンは警察官《けいさつかん》に説明《せつめい》しました。「この人《ひと》がエドガー・マゴロです。そして、こっちがヨアヒム・シュトルツベルガー」

警察官《けいさつかん》はうなずくと、ふたりの前《まえ》に立《た》ちはだかりました。

「あなたたちを逮捕《たいほ》する」警察官《けいさつかん》はふたりに伝《つた》えると、手錠《てじょう》をかけました。

リリには信《しん》じられませんでした。ふたりは警察《けいさつ》に連行《れんこう》されます！　こんなことになるとは、リリも想像《そうぞう》していませんでした。

「しかし……わたしはここの支配人《しはいにん》だ！」マゴロはどなりました。けれども、文《もん》句《く》を言ったところで、なにも変《か》わりません。マゴロとシュトルツベルガーはパトカーの後部座席《こうぶざせき》におしこまれました。

農場《のうじょう》の従業員《じゅうぎょういん》たちには、目の前で起《お》きていることが信《しん》じられませんでした。

「ミスター・ダンデライオンはなんておっしゃるだろうねえ？」リリにひそひそ話す声が聞こえてきました。リリは思いだしました。ミスター・ダンデライオンは農場《のうじょう》の所有者《しょゆうしゃ》ですが、ここにはめったに訪《おとず》れません。

そこへ、警察官《けいさつかん》のひとりがもどってきて、ソロモンに向《む》かって言いました。

「今回の事件《じけん》は、さっそく、ミスター・ダンデライオンに知らせ、事情《じじょう》を説明《せつめい》し

ておきました。彼《かれ》とは長いつきあいなんですよ。ひどくショックを受《う》けてましたよ。ミスター・マゴロがそんなことをするとは思っていなかったようです」

ソロモンは悲《かな》しそうにうなずきました。

「農場《のうじょう》には緊急《きんきゅう》に新しい支配人《しはいにん》が必要《ひつよう》です。それで、あなたを新しい支配人《しはいにん》に任《にん》命《めい》するようにと、ミスター・ダンデライオンからことづかりました」警察官《けいさつかん》はソロモンに言いました。

「ミスター・ダンデライオンが言っておられた。あなたは農場《のうじょう》の事情《じじょう》やこの土地の特徴《とくちょう》にくわしい。それに、あなたは誠実《せいじつ》な人だとね」警察官《けいさつかん》は半分向《む》きを変《か》えたところで、もうひとことつけ加《くわ》えました。「前任者《ぜんにんしゃ》よりも、いい仕事《しごと》をしてください」

「がんばります」ソロモンは、感動《かんどう》して言いました。

ソロモンおじいさんは動物《どうぶつ》たちのために、ミスター・マゴロよりもはるかによい決定《けってい》をくだしてくれると、リリは心から信《しん》じていました。

雨降《ふ》りダンス

「おじいさん！」イザヤはさけびました。

「今から、支配人《しはいにん》だ！　ここでいちばんえらい人だ！」

ソロモンには、まだ実感《じっかん》がわいてきません。

「ああ……そうか……わたしは、どうやら正しい行動《こうどう》をとったんだな」

マチルデはうなずくと、力をこめて言いました。「そうですよ！　あなたが、つきとめたことを伝《つた》えてくれたとき、わたしにはわかっていましたよ。とる道は一つしかないとね。警察《けいさつ》を呼《よ》んだのは正しかったんです」

「ああ。だが、正直に言うと、仕事《しごと》を失《うしな》うのは、ひじょうに怖《こわ》かったんだ」ソロモンはうちあけました。

「でも、運《うん》のいいことに、すべてがうまくいったね！」イザヤは言いました。自分のおじいさんをほこりに思っているのが、イザヤのようすからうかがえます。

「そうだな。運《うん》がよかったな」ソロモンは考えこみました。「わたしはずっと、トロフィーハンティングを守《まも》ろうとしてきた。でも、リリ、きみに出会ってから、サバンナの動物《どうぶつ》たちがなんと言っているのか想像《そうぞう》するようになったんだよ」

アケーレは首をふりました。「父さんまで、やめてくれ！　そんなふうに軽々《かるがる》しく動物《どうぶつ》たちを見ないでくれよ」アケーレは言いました。

「マゴロが分別《ふんべつ》をわきまえずに強くて健康《けんこう》な動物《どうぶつ》どころか、群《む》れのリーダーまで撃《う》たせていたのはまちがっている。でも、だからといって、動物《どうぶつ》たちを人間のようにあつかわなければならない、ということではないんだよ！」

ソロモンは首をふりました。「アケーレ、われわれは、現状《げんじょう》を変《か》えなければならない。今《いま》、わたしはこの農場《のうじょう》の支配人《しはいにん》だ。だからこれからは、ここの農場《のうじょう》ではトロフィーハンティングをおこなわない！」

イザヤは勝利《しょうり》の歓声《かんせい》をあげました。「そうだ！」

リリのおばあちゃんも、とても満足《まんぞく》しています。

「でも、農場《のうじょう》には必要《ひつよう》なお金が入ってこなくなるんだぞ！」アケーレは反対《はんたい》しました。「牛と観光客《かんこうきゃく》だけではたりないんだ！」

「わかっているよ」ソロモンはみとめました。「わたしは、だれよりも農場《のうじょう》の数字のことをわかっている。それでも、ハンティングでもうける方向《ほうこう》に進《すす》んではならない。ときには高くつくこともあろうが、これが正しい道だ。たとえば、ピューマをあしたにも、カナダへもどしてやるようにする」

こんどは、リリがさけびました。「そうよ！」レックスが故郷《こきょう》に帰ります！

「レックス！」リリはピューマを呼《よ》びよせました。

「わたしはきみのもとへ急《いそ》ぐ。希望《きぼう》に満《み》ちたまなざしできみを見るために」

ピューマはそう言うと、希望《きぼう》に満《み》ちた目でリリを見つめました。

「あした、おうちへ帰れるの！」リリは顔をかがやかせてピューマにうちあけました。「ヘラジカとビーバーのところにもどれるの！」

「ほんとうか？」ピューマは驚《おどろ》きました。「わたしは故郷《こきょう》へ帰れるのか？　やっ

たぞ！」ピューマは声をとどろかせ、あおむけになると、転《ころ》げまわって喜《よろこ》びました。そこへ、さっそくボンサイがやってきて、ピューマとじゃれあいました。はじめ、シュミット伯爵夫人《はくしゃくふじん》はつんとすましていましたが、それから得意《とくい》げに、さわぎの中に飛《と》びこみました。グーとチョキとパーも、猫《ねこ》のまねをして飛《と》びこみました。リリは、ずいぶんと久《ひさ》しぶりに、こんなにうかれた動物《どうぶつ》たちを見ました。

「ところで、この子はだれだい？」おばあちゃんはたずねました。

リリはティモを紹介《しょうかい》しました。そして、ティモがいなければ、まだサバンナで立ち往生《おうじょう》していたかもしれないこと、それによってノッポも命《いのち》を失《うしな》っていただろうと説明《せつめい》しました。

「どうやってお礼《れい》をしたらいいかしら？」ママはヒンバの少年にたずねました。

ティモは肩《かた》をすくめました。「ほしいものはなにもありません。でも、ミーアキャットたちがぼくのそばにいてくれたら、すごくうれしいな」ティモはたずねるようにリリを見ました。

リリはほほえみました。「それは、わたしには決《き》められない。でも、グーもチョキもパーも、あなたをとっても好《す》きみたい」

「わあ」グーが雑踏《ざっとう》の中から顔を出しました。「へ？」

チョキが小走りでやってきました。「リリ？　なくなる？」

リリはうなずきました。「そうよ。じきにお別《わか》れしなければならないの」

「クスン！」パーもリリのもとへやってきました。「シュンシュン」

「わたしも、あなたたちがいなくなったらさみしくなる。でも、ティモのところにいたいでしょ？」リリがたずねると、三匹《びき》はそれぞれに声をあげました。

「おお！」「わあ！」「ヤッホー！」

「ミーアキャットたちは、あなたといるのが最高《さいこう》にすてきだと思ってるわ」リリはティモに通訳《つうやく》しました。すると、ティモは顔をかがやかせました。グーとチョキとパーは、ティモのもとへかけていき、ティモの腕《うで》に飛《と》びのりました。

「一生の友だちを見つけたみたいだねえ」おばあちゃんが言いました。

リリも、そう思いました。

「まったくなんてこった」アケーレは首をふりながら言いました。アケーレの怒《いか》りはまだおさまりません。「現実《げんじつ》から目をそらして、かわいい動物《どうぶつ》に喜《よろこ》んでいるのはかまわない。だが、農場《のうじょう》は破滅《はめつ》するんだぞ」

すると、みんなはとまどって、沈黙《ちんもく》しました。

今後《こんご》はトロフィーハンティングを許可《きょか》しない、というソロモンの決断《けつだん》を、リリはすばらしいと思っています。けれども、ハンティングによる収入《しゅうにゅう》がなくなるのは農場《のうじょう》にとって都合《つごう》が悪《わる》い、というアケーレの主張《しゅちょう》も正しいのです。

イザヤは頭のうしろをかきながら、大集合《しゅうごう》した動物《どうぶつ》の前に群《むら》がる観光客《かんこうきゃく》を観察《かんさつ》しました。動物《どうぶつ》たちは、あいかわらず、しんぼう強くリリの指示《しじ》を待《ま》っています。そのようすを、ダンデライオン農場《のうじょう》の客《きゃく》たちが熱心《ねっしん》に撮影《さつえい》しています。

空はしだいに雲におおわれ、暗《くら》くなってきました。写真《しゃしん》を撮《と》るには明るさがたりません。それでも、だれも気にしていないようです。

イザヤはますますスピードをあげて、せかせか頭のうしろをかいて考えました。

リリの胸《むね》はドキドキし始《はじ》めました。なぜなら、リリにはわかっていたからです。アイデアがわく寸前《すんぜん》に、イザヤはこんなふうに速《はや》く頭をかくからです。今、天才《てんさい》的《てき》なアイデアが生まれようとしています。

「これだ！」すると、とつぜん、イザヤが笑《わら》いだしました。

興奮《こうふん》のあまり、リリの体はぞくぞくしました。

「なにを思いついたんだ？」リリのパパがたずねました。

「リリ！」イザヤはリリの両肩《りょうかた》をつかんで言いました。

「動物《どうぶつ》たちにたのんで！　ヌーが言ってたよね。助《たす》けがほしいときに、知らせてくれって。ここにいる動物《どうぶつ》たちも、きみに協力《きょうりょく》したくていっしょに来たんだ。お願《ねが》いすれば、どの動物《どうぶつ》もいいよ、ってぜったいに言ってくれるよ！」

「それで、なにをお願《ねが》いするの？」リリは息《いき》もつかずにたずねました。

イザヤは、にやりとしました。「これがぼくのアイデアさ。動物《どうぶつ》たちに、一年

に一度《ど》、今みたいにダンデライオン農場《のうじょう》に集《あつ》まってもらうんだよ。いつも同じ時《じ》期《き》に集合《しゅうごう》する。巨大《きょだい》な動物《どうぶつ》キャラバン隊《たい》となって行進《こうしん》するんだ」

リリにも、イザヤの言おうとしている意味《いみ》がだんだんわかってきました。それは、天才的《てんさいてき》なアイデアです！「それが観光客《かんこうきゃく》の間でうわさとなって広まるのね。一年に一度《ど》しか見《み》られない、動物《どうぶつ》たちの大イベントがあるって！」

「そのとおり！」イザヤはうなずきました。「ダンデライオン農場《のうじょう》は、それで有《ゆう》名《めい》になる！　動物《どうぶつ》たちの大行進《だいこうしん》を見るために、大勢《おおぜい》の観光客《かんこうきゃく》がここまでやってくる。そして、そのために、たくさんお金をはらってくれるだろう」

はじめ、ソロモンはあっけにとられてイザヤを見つめました。それから、大きな声で言いました。「それだ！　それが解決方法《かいけつほうほう》だ！」

マチルデはソロモンの首にだきつき、それからイザヤ、そしてリリをだきしめました。「動物《どうぶつ》たちにたのんでくれたら、そして、ほんとうに動物《どうぶつ》たちが毎年ここへ来てくれるなら、農場《のうじょう》は救《すく》われるわね」

「そのアイデアは、確《たし》かに悪《わる》くない」アケーレもみとめると、急《きゅう》におとなしくなりました。

「悪《わる》くないどころか、すばらしいアイデアだよ」リリのおばあちゃんが訂正《ていせい》すると、パパとママは強く首をふってうなずきました。

リリは動物《どうぶつ》たちに向《む》きなおりました。動物《どうぶつ》たちは、リリがなにか言うのを待《ま》っていました。「あなたたちにお願《ねが》いがあるの。とても重要《じゅうよう》なお願《ねが》いよ」

「話してちょうだい！」おばあさんゾウがリリにさいそくしました。

「これから毎年、ここへ、それも、ちょうど今いるこの農場《のうじょう》に集《あつ》まってちょうだい。雨の季節《きせつ》がおわる今の時期《じき》に」

「どうして？」ロッジの屋根《やね》の上にとまっている一羽のミサゴがするどい声をあげました。

「今って雨の季節《きせつ》だったの？」ホロホロチョウがガーガー鳴きました。

「まったく知らなかった」

「今年の雨の季節《きせつ》はとても乾燥《かんそう》していたの」リリは説明《せつめい》しました。

「でも、いつもは長い間、よく雨が降《ふ》るの。雨が降《ふ》らない季節《きせつ》が長くつづいたあとに来る季節《きせつ》のことよ。わたしの言っている意味《いみ》、わかる？」

動物《どうぶつ》たちはメーメー鳴いたり、ピーピー声をあげたりして、わかった、と言いました。

「そして、雨の季節《きせつ》がおわるころに、みんなでここに集《あつ》まってね」リリはつづけました。「そのときには、ほかの動物《どうぶつ》を攻撃《こうげき》しないこと。今みたいに、おとなしくしているのよ」

「でも、ジリスはおいしいんだよ」一頭のジャッカルが言いました。そして、背《せ》中《なか》を大きな植木鉢《うえきばち》にこすりつけました。

「思いうかべてみて。水場にいるところを」リリは言いました。

「そこで水をのんでいるときには、おたがいになにもしないでしょ？」

またもや、動物《どうぶつ》たちの中を賛成《さんせい》の声がかけぬけました。

「みんなが一度《ど》に集《あつ》まってくれたら、世界《せかい》一すてき」リリは言いました。

「このことを、みんなの子どもたち、そして、その子どもたちにも伝《つた》えてくれれば、動物《どうぶつ》の大行進《だいこうしん》はいつまでもつづけられていくのよ。この農場《のうじょう》で、人間たちがみんなの写真《しゃしん》を撮《と》るの。今みたいにね。でも、あなたたちをいじめたりしないから、安心《あんしん》して！　約束《やくそく》する！」そのとき、リリはソロモンを見ました。ソロモンは力強くうなずきました。

「約束《やくそく》するよ、リリ」ソロモンは言いました。

ミサゴはもう一度《ど》、金切り声をあげました。「そうか、すてきだ。それに、いいことだね。でも、どうして、そんなことをするんだ？」

「みんなが協力《きょうりょく》してくれたら、ここにいる人間たちがとても助《たす》かるからよ。そうすれば、もう二度《ど》と発射《はっしゃ》ギャングがあなたたちを撃《う》たなくなるの」リリは言いました。

「そうだったのか。それなら、はじめに言ってくれよ！」ヒヒが言いました。

「よし、その話に乗《の》ったぞ」イボイノシシが、ブーブー鳴きました。

「ぼくも！」ハネジネズミが、か細い声で言いました。

「もちろん、わたしたちも！」おばあさんゾウが、パオーンと声をあげました。

リリは心から感謝《かんしゃ》しました。できることなら、すべての動物《どうぶつ》たちを丸ごとだきしめたい気分です。「みんな、協力《きょうりょく》してくれます！」

リリのおばあちゃんは笑《わら》いました。「こうなるしかないと思っていたよ」

「やったー！」イザヤはさけび、リリを強くだきしめました。熱狂《ねっきょう》しすぎて、つえを地面《じめん》に落《お》としてしまいました。

そのときです。雨が降《ふ》りだしました。大《おお》つぶの雨が、暗《くら》い雲から落《お》ちてきます。長いこと待《ま》ち望《のぞ》んだ雨が、とうとう降《ふ》りだしました。

「雨だー！」クーズーたちがさけびました。

「ついに降《ふ》ったぞ！」ヌーたちも喜《よろこ》んでいます。

ミーアキャットのチョキは舌《した》をのばして雨《あま》つぶを受《う》けとめようとしています。

リリは笑《わら》わずにはいられませんでした。両手《りょうて》をあげて、天に向《む》かってのばしました。そして、しだいに強くなる雨を顔に浴《あ》びました。イザヤも笑《わら》いました。

「ぼくたち、やったね！」イザヤはさけび、リリの両手《りょうて》をとりました。

リリはクスクス笑《わら》いました。イザヤがおどっています！　笑《わら》いながら、片足《かたあし》でぴょんぴょんはねまわっています。リリもいっしょにおどりました。頭をはげしくふると、リリの髪《かみ》についた水が飛《と》びちりました。イザヤはリリをはげしくまわしました。ふたりは雨降《ふ》りダンスをおどっています！

おばあちゃんも松葉《まつば》づえを投《な》げだし、陽気《ようき》におどりだしました。ほかの人たちもおどりだしました。はじめにリリのパパとママが、それからソロモンとマチルデが、そして観光客《かんこうきゃく》と農場《のうじょう》の従業員《じゅうぎょういん》も加《くわ》わりました。リリとイザヤのはずむ気持《きも》ちがみんなに伝《つた》わり、じきに大勢《おおぜい》の人が、さらには動物《どうぶつ》までが笑《わら》いだし、雨の中でおどりました。

ヒヒたちは、はげしく飛《と》びまわり、ヌーたちは楽しそうに左右に体をゆらし、

ヤモリたちは陽気《ようき》で奇妙《きみょう》な合唱《がっしょう》をしています。

ボンサイもおどっています。うしろ足で立ちあがり、ぴょんぴょん飛びはね、キャンキャン鳴きました。「おおい！　祭《まつ》りの始《はじ》まりだい！」

「そうですとも、おどりますわよ！」シュミット伯爵夫人《はくしゃくふじん》が鳴きました。

「これまでになく、かがやかしく、そして、はなやかに！」

そこで、リリはさらに大きな声で笑《わら》いました。安心《あんしん》し、自由《じゆう》を感《かん》じ、そして、とても幸《しあわ》せでした。リリはおなかの底《そこ》から笑《わら》いました。リリの中から自然《しぜん》にわきあがった幸《しあわ》せの泡《あわ》が、リリのまわりのいたるところに広がっていくように思えました。リリが笑《わら》っていると、そばにある植木鉢《うえきばち》の花が、矢のようなスピードで成《せい》長《ちょう》し、人間や動物《どうぶつ》のようにうれしそうに、アフリカのサバンナの雨に向《む》かって茎《くき》をのばしました。そして、美《うつく》しい花を咲《さ》かせました。

おわり

「動物《どうぶつ》と話せる少女《しょうじょ》リリアーネ」次号《じごう》につづく

訳者《やくしゃ》あとがき

シリーズ「動物《どうぶつ》と話せる少女《しょうじょ》リリアーネ」も十二巻目《かんめ》をむかえ、物語《ものがたり》の内容《ないよう》もますますダイナミックになってきました。

二〇〇七年に、ドイツでシリーズ第《だい》一巻《かん》が刊行《かんこう》されてから今年でまる十年。物語《ものがたり》も季節《きせつ》がひとまわりし、リリが新しい学校に転校《てんこう》してから一年がたちました。さらに、今回はドイツをはなれ、物語《ものがたり》の舞台《ぶたい》はアフリカです。というわけで、第《だい》十二巻《かん》は特別《とくべつ》づくしのスペシャル版《ばん》ともいえるでしょう。

わたしにとっても、今回はちょっぴりスペシャルで、訳《やく》にあたり、おもしろい体験《たいけん》でスタートしました。まず、原稿《げんこう》が送《おく》られてきたとき、第《だい》一章《しょう》のタイトル「ナミビア」を見て、とても驚《おどろ》きました。それまで、わたしはナミビアという国をほとんど知りませんでした。ところが、原稿《げんこう》をもらうほんの数日前に、たまたま、休暇《きゅうか》でナミビアを訪《おとず》れた近所《きんじょ》の方や、冒険好《ぼうけんず》きの友人にたてつづけに会い、ナミビアについてたくさん話を聞いたり、写真《しゃしん》を見せてもらったりして、わあ、すごい、とすっかり感動《かんどう》していたところだったのです。なんというぐうぜんでしょう！

ナミビア共和国《きょうわこく》は、アフリカ大陸《たいりく》の南西に位置《いち》し、大西洋《たいせいよう》に面《めん》しています。そして、国境《こっきょう》の南を南アフリカ共和国《きょうわこく》と接《せっ》しています。この国は十九世紀末《せいきまつ》から第《だい》一次世界大戦《じせかいたいせん》のとちゅう（一九一五年）までドイツの植民地《しょくみんち》であったことや、一九九〇年までは、公用語の一つがドイツ語だったことから、現在《げんざい》でも農場《のうじょう》の労働者《ろうどうしゃ》や白人居住者《きょじゅうしゃ》の中にドイツ語を話す人が大勢《おおぜい》います。

さて、今回の物語《ものがたり》の大きなテーマは、トロフィーハンティングと呼《よ》ばれる狩猟《しゅりょう》でした。外国からのハンターが、農場《のうじょう》の広大な敷地《しきち》にくらす野生動物《やせいどうぶつ》を娯楽《ごらく》でしとめ、そのために支払《しはら》われたお金で農場《のうじょう》が運営《うんえい》される、というビジネスです。これは、日本ではあまり知られていない狩猟活動《しゅりょうかつどう》ですが、欧米《おうべい》ではスポーツとして知られています。この狩猟活動《しゅりょうかつどう》に関《かん》しては、ドイツでも動物保護団体《どうぶつほごだんたい》やメディアなどから、多くの批判《ひはん》がよせられています。ここではくわしくお伝《つた》えできませんが、興味《きょうみ》のある方はインターネットでも調《しら》べることができます。

狩猟《しゅりょう》そのものはドイツ国内でもさかんです。天敵《てんてき》がいなくてふえすぎてしまったことを理由《りゆう》に、秋になるとイノシシや鹿《しか》などが狩《か》りによって駆除《くじょ》されます。これに関《かん》してはシリーズ第《だい》七巻《かん》「さすらいのオオカミ森に帰る！」のあとがきでもふれていますので、よかったらあわせて読んでみてください。

この秋、ドイツの出版社《しゅっぱんしゃ》ではリリアーネ十周年《しゅうねん》を記念《きねん》し、特別《とくべつ》なもよおしが開《ひら》かれるそうです。三年後の日本の十周年《しゅうねん》でも、読者のみなさまとすてきなお祝《いわ》いができたらいいなと思います。

ということで、これからも応援《おうえん》、よろしくお願いいたします！

二〇一七年　七月

中村智子《なかむらともこ》

●著者紹介

タニヤ・シュテーブナー

ドイツ、ノルトライン＝ヴェストファーレン州生まれ。１０歳で物語を書き始める。デュッセルドルフ、ヴッパータール、ロンドンの大学で、文芸翻訳、英語学、文学を学ぶ。翻訳および編集の仕事にたずさわったのち、現在は、児童書、ヤングアダルトを中心に作家として活躍中。

ホームページ（ドイツ語）http://tanyastewner.de/

●訳者紹介

中村 智子

神奈川県生まれ。ドイツ語圏の児童文学を中心に、さまざまな分野の書籍紹介にとりくんでいる。訳書に「動物病院のマリー」、「フローラとパウラと妖精の森」、「コーンフィールド先生とふしぎな動物の学校」シリーズ（いずれも学研）、「真珠のドレスとちいさなココ」「アントン──命の重さ」（いずれも主婦の友社）、「つばさをちょうだい」（フレーベル館）他。ブログ www.bibliocat.eu/

●イラストレーター紹介

駒 形

大阪府在住。京都の造形大を卒業後、フリーのイラストレーターとなる。「探偵チーム KZ 事件ノート」（青い鳥文庫 - 講談社）の挿絵など。モノ作りの計画を考えたり、たまに実行するのが趣味。

ホームページ komadelic.tumblr.com/

●装丁・本文デザイン

根本 泰子

書籍デザイン、イラストレーターとして活躍中。超猫好き。

動物と話せる少女リリアーネ⑫
サバンナの女王!

2017年10月10日　第1刷発行

著者　タニヤ・シュテーブナー
訳者　中村 智子
イラスト　駒形

発行人　川田 夏子
編集人　小方 桂子
編集企画　川口 典子　校正　上埜 真紀子

発行所　株式会社 学研プラス
〒141-8415 東京都品川区西五反田 2-11-8
印刷所　株式会社 リーブルテック　製本所　加藤製本株式会社

この本に関する各種お問い合わせ先

[電話の場合]
＊編集内容については ☎03-6431-1615（編集部直通）
＊在庫、不良品（落丁、乱丁）については ☎03-6431-1197（販売部直通）

[文書の場合]
〒141-8418 東京都品川区西五反田 2-11-8
学研お客様センター「動物と話せる少女リリアーネ」係

＊この本以外の学研商品に関するお問い合わせは ☎03-6431-1002（学研お客様センター）

（お客様の個人情報の取り扱いについて）

アンケートはがきの個人情報の取り扱いに関するお問い合せは、幼児・児童事業部（Tel.03-6431-1615）までお願い致します。当社の個人情報保護については、当社 HP（http://gakken-plus.co.jp/privacypolicy）をご覧ください。